모던걸의
명랑 만세

모던걸의 명랑 만세

서해문집 청소년문학 007

초판 1쇄 발행 2019년 12월 20일
초판 4쇄 발행 2022년 5월 10일

지은이 박지선
펴낸이 이영선
책임편집 김종훈

편집 이일규 김선정 김문정 김종훈 이민재 김영아 이현정 차소영
디자인 김회량 위수연
독자본부 김일신 정혜영 김연수 김민수 박정래 손미경 김동욱

펴낸곳 서해문집 | 출판등록 1989년 3월 16일(제406-2005-000047호)
주소 경기도 파주시 광인사길 217(파주출판도시)
전화 (031)955-7470 | 팩스 (031)955-7469
홈페이지 www.booksea.co.kr | 이메일 shmj21@hanmail.net

ISBN 978-89-7483-002-1 43810

이 도서의 국립중앙도서관 출판예정도서목록(CIP)은 서지정보유통지원시스템 홈페이지(http://seoji.nl.go.kr)와 국가자료공동목록시스템(http://www.nl.go.kr/kolisnet)에서 이용하실 수 있습니다.(CIP제어번호: CIP2019046960)

서해문집
청소년문학
007

모던걸의 명랑 만세

박지선 장편소설

서해문집

차례

광주의 학생들

1929년 10월, 광주

“야! 뭐하는 짓이야!”

광주역에서 출발해서 나주역으로 향하는 통학열차 안에서 격한 목소리가 터져 나왔다. 광주중학교에 다니는 일본인 학생들이 마침 연결 통로를 지나가는 조선인 여학생들의 머리카락을 잡아당긴 것이다. 놀란 조선인 여학생들이 비명을 지르자 일본인 학생들이 그 모습을 보고 손가락질을 하면서 낄낄거렸다. 희롱을 당한 조선인 여학생 중 한 명인 박기옥이 때마침 같은 칸에 타고 있던 사촌오빠 박준채에게 달려갔다. 덜컹거리는 열차 안에서 책을 읽고 있던 박준채는 비명소리를 듣고 고개를 들었다. 곧이어 눈물이 범벅이 된 채 뛰어오는 박기옥을 보고는 얼굴이 굳어졌다.

“기옥아!”

“오빠! 재들이 히야카시*했어.”

박준채는 옆에 있던 친구에게 책을 맡기고 열차의 연결통로로 걸어갔다. 그러자 삼삼오오 모여서 얘기를 나누던 조선인 학생들이 일제히 그를 바라봤다. 자기들끼리 시시덕거리던 일본인 학생들의 교복에 붙은 교표를 힐끔 본 박준채가 말했다.

"광주중학교 학생들인가 보군. 난 광주고보**에 다니는 박준채다. 내 사촌여동생한테 사과해라. 그럼 조용히 넘어가마."

박준채가 나지막하게 얘기하자 후쿠다라는 이름표가 붙은 일본인 학생이 코웃음을 쳤다.

"뭐야? 조센징 주제에."

쉽게 사과를 받지는 못할 거라고 생각했지만 오히려 모욕을 받고 격분한 박준채는 그대로 주먹을 날렸다. 턱을 맞은 후쿠다가 비명을 지르며 쓰러지자 박준채는 그대로 발로 밟았다.

"사과해!"

그러자 후쿠다의 친구 중 한 명이 발길질하는 것을 시작으로 열차 안의 조선인과 일본인 학생들이 뒤엉켜서 주먹질을 했다. 서로 거친 욕설을 하면서 싸움이 이어지자 중절모에 신사복 차림을 한 일본인이 안경을 추어올리며 끼어들었다.

"어이, 열차 안에서 무슨 소란이야!"

주먹다짐과 멱살잡이를 하느라 입술이 터지고 교복 단추가 떨

* '희롱하다, 놀리다'라는 뜻의 일본어.

** 광주고등보통학교의 줄임말.

어져 나간 박준채가 숨을 헐떡거리며 말했다.

"광주중학 학생들이 제 사촌여동생을 희롱했습니다."

박준채의 얘기를 들은 안경잡이 일본인이 혀를 찼다.

"무식하긴, 문제가 있으면 역무원을 통해 항의해야지 다짜고짜 주먹질을 하면 어쩌자는 거야?"

"뭐라고요?"

뜻밖의 말에 박준채가 어이없다는 표정을 짓자 안경잡이 일본인이 코웃음을 쳤다.

"나는 광주일보 노구치 히데오 기자야. 어디 조센징이 버르장머리 없이 눈을 똑바로 치켜뜨고 말대꾸를 해!"

"이보세요. 기자님도 똑똑히 보셨잖아요!"

박준채가 울분을 토했지만 노구치 기자는 고개를 저었다.

"젊은 혈기에 그럴 수도 있지. 그걸 가지고 기차 안에서 소동을 피우는 게 더 나빠! 그래서 조센징들은 가르쳐 봤자 소용이 없다는 말이 나오는 거 아닌가!"

노구치 기자의 말에 기모노 차림의 일본 여성이 맞장구를 쳤다.

"타다시이.*"

그 말을 시작으로 승객의 대부분인 일본인들이 박준채를 비롯한 조선인 학생들에게 손가락질을 하고 비난을 퍼부었다. 얼마 있

* '옳다, 맞다'라는 뜻의 일본어.

지 않은 조선인 승객들은 외면하거나 고개를 숙였다. 낙담한 박준채의 눈에 호루라기를 불면서 다가오는 일본인 승무원들의 모습이 보였다.

소동이 일어난 것을 보고 달려온 열차 승무원들의 반응 역시 대부분의 승객들과 별반 다르지 않았다. 오히려 '바카야로'*라고 욕을 퍼부으면서 박준채와 친구들의 뺨을 몇 대 때렸다. 하지만 조선인 학생들의 반응이 심상치 않자 으름장을 놓고는 사라져 버렸다. 후쿠다를 비롯한 광주중학 학생들은 나주역에 열차가 도착하자 마치 개선장군처럼 의기양양하게 떠나 버렸다. 박준채는 아직도 울고 있는 박기옥을 달래면서 분을 삭였다. 그때 같은 독서회 회원인 강희구와 윤보섭 등이 다가왔다.

"애들한테 얘기 들었어. 괜찮아?"

강희구의 물음에 박준채는 후쿠다가 사라진 방향을 노려보면서 대답했다.

"분해서 못 참겠어. 왜 우리 땅에서 일본 놈들이 설쳐 대는 건데?"

"그러게. 같은 학비를 내는데 우리가 쓰는 교실만 엉망이잖아."

윤보섭의 말에 박준채가 고개를 끄덕거렸다.

* '바보, 멍청이'라는 뜻의 일본어.

"교실은 둘째 치고 일본인 선생들도 문제야. 아이들을 가르칠 생각은 안 하고 혼부터 내잖아."

박준채가 주먹을 불끈 쥔 채 화를 참지 못하자 강희구가 나지막하게 말했다.

"이대로 넘어가면 같은 일이 반복될 거야. 본때를 보여 주자."

"맹휴*하려고?"

"맹휴도 그냥 하면 거들떠보지도 않을 거야."

"그럼?"

박준채의 물음에 강희구가 대답했다.

"독서회 회원들이랑 모여서 의논을 해 보자. 학생들이라고 우습게 본 모양인데 우리가 누군지 보여 줘야지."

강희구의 얘기를 들은 박준채가 불끈 쥔 주먹을 내려다보면서 대답했다.

"좋아."

며칠 후, 광주

* 어떤 목적을 이루기 위해 학생들이 수업과 등교를 거부하는 일인 '동맹휴학'의 줄임말.

카이다[*] 담배를 입에 문 노구치 기자는 이제 막 찍혀 나온《광주일보》를 흡족한 표정으로 들여다봤다. 마침 취재를 마치고 돌아온 동료 기자 마사오가 말을 건넸다.

"뭐, 좋은 일 있어?"

"며칠 전에 호남선 통학열차 안에서 조센징 학생들이 일본인 학생들을 구타한 일이 있었어."

노구치가 권한 담배를 거절한 마사오가 주머니에서 꺼낸 은단을 입에 털어 넣으며 대답했다.

"그 사건? 자네가 마침 현장에 있어서 생생하게 기사를 썼잖아."

"버르장머리 없는 조센징 학생들에게 호통을 쳤지. 그리고 기사를 좀 썼는데 반응이 좋아서 말이야."

"아하! 그래서 기분이 좋았군. 광주의 조선인 학생들은 너무 거칠고 불량해."

"누가 아니래. 머리에 피도 안 마른 것들이 툭하면 수업거부를 하고 동맹휴학을 일삼잖아. 그래서 내가 기사를 따끔하게 썼지. 총독부에서도 앞날이 창창하다는 이유로 봐주지 말고 강경하게 처벌해야 교권이 바로 설 수 있을 거라고 말이야."

두 사람이 얘기를 나누는 동안 원고지를 정리하던 조선인 사환이 창문 밖 남문통을 물끄러미 바라봤다. 그 광경을 본 노구치가

* 당시 조선총독부 전매국에서 만들어 팔던 담배의 한 종류.

호통을 쳤다.

"어이! 일하다 딴짓하지 말라고 했지!"

"그, 그게 아니라."

"어쭈, 변명까지 해? 조센징들은 애나 어른 할 거 없이 다 문제라니까."

벌컥 화를 낸 노구치가 창가로 다가가 목덜미를 낚아챘다. 그러자 들고 있던 원고지 뭉치를 땅에 떨어뜨린 사환이 겁에 질린 목소리로 말했다.

"정말입니다. 밖을 좀 보세요."

"대체 뭘 보라는…."

창밖으로 남문통을 내려다본 노구치는 입을 딱 벌리고 말았다. 은단을 씹고 있던 마사오가 그 모습을 보고 고개를 갸우뚱거렸다.

"왜 그래?"

노구치는 대답 대신 창문을 열었다. 11월의 찬바람과 함께 남문통을 가득 메운 조선인 학생들의 외침이 들려왔다.

- 식민지 교육 타도하라!

- 일제는 정당한 교육을 실시하라!

- 조선 독립 만세! 일본은 이 땅에서 물러가라!

"저건 뭐지?"

얼떨떨해 하던 마사오에게 물고 있던 담배를 떨어뜨린 노구치가 대답했다.

"광주고보생들이 시위를 하는 모양이야."

"고보생들만 나온 건 아닌 것 같은데? 남문통이 꽉 찼잖아!"

마사오가 안절부절못하는 사이에 급하게 계단을 올라오는 발소리가 들렸다. 그리고 문이 벌컥 열리고는 검정색 띠를 머리에 두르고 손에 몽둥이와 죽도를 든 조선인 학생 한 무리가 들어왔다. 창가에 서서 시위를 목격한 노구치와 마사오를 제외하고는 다들 어리둥절해 했다. 노구치는 기세등등하게 밀어닥친 학생 시위대 중 한 명을 알아봤다.

"너는?"

"그래, 조센징은 가르쳐 봤자 소용없다는 망언을 하고, 오히려 우리 학생들이 잘못했다고 기사를 쓴 게 바로 당신이지?"

박준채의 호통에 노구치는 뒷걸음질을 치면서 변명했다.

"나는 기자로서 할 일을 했을 뿐이야!"

"기자라면 똑바로 글을 써야지. 광주중학 학생들이 먼저 희롱을 하고 모욕을 하는 걸 보고도 엉터리로 기사를 쓴 게 무슨 기자야!"

"이봐! 말로 하자고."

새파랗게 질린 노구치의 말에 박준채가 손에 든 몽둥이를 내려놨다.

"기자로서 할 일을 했다고 했지? 나도 조선인으로서 할 일을 하는 것뿐이야!"

고함과 함께 몸을 날린 박준채에게 박치기를 당한 노구치가 외마디 비명과 함께 뒤로 날아갔다. 그걸 신호 삼아 조선인 학생들은 책상과 집기 들을 뒤엎고 부쉈다. 코피를 흘린 채 쓰러진 노구치를 내려다보던 박준채가 몽둥이를 다시 집었다.

"쓰레기 같은 신문사야! 남김없이 부수자!"

기세가 오른 학생들에게 눌린 일본인 기자들이 황급히 몸을 피했다. 가슴이 후련해진 박준채의 눈에 커다란 괘종시계가 들어왔다. 《광주일보》 창간 5주년을 기념해서 총독부에서 선물했다는 글씨가 적혀 있었다. 박준채는 몽둥이를 휘둘러 괘종시계를 박살 냈다. 괘종시계는 때 이른 종소리를 내면서 유리가 깨지고 부서졌다. 남문통에선 광주고보 학생을 비롯해 광주농업고등학교와 여자 고등보통학교, 사범학교는 물론 수피아여학교까지 참여한 시위대가 광주중학교로 향하는 중이었다. 학생들이 구호를 외치며 움직이는 행렬에 어른들도 속속 가담했다.

모던걸

1930년 1월, 경성

검정색 자동차가 아직 녹지 않은 눈과 흙을 사방으로 뿌리면서 거리를 달렸다. 교복을 단정하게 차려입은 여학생들은 서둘러 흙과 같이 날아오는 검은 물을 피해 옆으로 물러났다가 자동차가 만들어 내는 혼란이 가라앉자 다시 움직였다. 여학생들은 치마를 털고 얘기를 나누다가 전차가 들어오는 걸 보고는 서둘러 정거장으로 뛰어갔다. 전차가 털거덩거리면서 정류장에 멈추자 기다리고 있던 승객들이 서둘러 올랐다. 전차에 탄 조선인과 일본인 사이에 긴장감이 흘렀다. 전차에 올라탄 여학생들은 그런 긴장감 따위는 신경 쓰지도 않고 자기들끼리 재잘거렸다. 장갑을 벗은 배복순이 옆에 서 있는 남정옥에게 물었다.

"정구 연습 잘하고 있어?"

'경성의 모던걸' 중에서 혈기왕성하기로는 둘째가라면 서러워할 남정옥이 어깨를 으쓱거렸다. 둘은 외모는 물론 성격도 많이 달랐다. 배복순이 뽀얗고 야리야리해 보이는 반면, 남정옥은 사내처럼 어깨가 딱 벌어지고, 목소리도 괄괄했다.

"박정자 간사님이 잘 가르쳐 주고 있어."

"근우회에서 우리 모두 같이 배웠잖아. 배울 게 더 있어?"

"계속 기초 동작만 해서 지겨웠는데, 시키는 대로 했더니 실력이 늘더라. 일본에서 배울 때도 기초가 중요하다고 여러 번 하셨대."

"그런데 오늘 괜찮겠어?"

남정옥은 배복순의 물음에 코웃음을 쳤다.

"정구 대회 전에는 말썽 안 피우려고 했지만 오는 싸움을 피하면 남정옥이 아니지."

그렇게 얘기하는 동안 목적지인 종로도서관에 도착했다. 전차에서 내린 남정옥은 기다리고 있던 패거리들과 만났다. 배복순은 패거리와 인사를 나누는 남정옥에게 말했다.

"나 삼월오복점*에 가야 해서 먼저 갈게."

"그래. 이따가 보자."

배복순이 어색한 미소와 함께 떠나자 남정옥은 패거리와 함께 종로도서관 뒷산으로 향했다. 대낮인데도 우거진 수풀 때문에 어둑어둑했다. 구불구불한 산길을 걷자 중턱 즈음에 제법 넓은 공터가 나왔다. 먼저 와 있던 여학생들이 여기저기 흩어져 있다가 인기

* 지금의 신세계백화점 본점 자리에 있던 미쓰코시백화점.

척 소리를 듣고는 가운데 모였다. 그중 덩치가 제일 크고 여드름투성이인 여학생이 남정옥을 노려봤다. 검정색 교복 왼쪽에는 상문여자고등보통학교라는 글씨가 오른쪽 가슴 부근에는 이월숙이라는 이름표가 붙어 있었다.

"야! 남정옥, 너 왜 자꾸 날 피해?"

"피하긴 누가 피해. 정구 연습하느라 좀 바빴어."

남정옥이 라켓을 휘두르는 시늉을 하면서 대꾸하자 같은 패거리 여학생들이 웃었다. 얼굴이 벌게진 이월숙이 소리쳤다.

"만나자는 연락 못 받았어?"

"날 찾는 사람이 한둘이어야 말이지."

남정옥은 코웃음을 치며 얘기하면서도 이월숙과 패거리를 계속 관찰했다. 이쪽 패거리가 여덟 명뿐인 데 비해 저쪽은 열세 명이나 되었다. 거기다 육상부들이라는 소문답게 덩치도 크고 팔다리도 굵었다. 패싸움으로 이어지면 밀릴 게 불 보듯 뻔했다. 우두머리끼리 일대일로 붙어서 끝내는 수밖에는 없었다. 물론 그것도 쉬워 보이지는 않는다는 게 문제였다. 이월숙의 싸움 실력도 싸움 실력이지만 아버지가 알아주는 친일파 귀족이라는 소문 때문이었다. 싸워서 이기는 건 둘째 치고 가급적 상처 없이 제압해야만 했다. 골치 아픈 상황에 남정옥이 저도 모르게 눈을 찌푸렸는데, 이월숙은 그걸 도전의 신호로 받아들였다.

"그래, 입만 살아 있다는 소문대로네. 여기서 붙자!"

이월숙이 호통을 치면서 다가오자 패거리들이 그 기세에 눌리는 것 같은 기미를 보였다. 기 싸움에서 눌리면 끝이라는 생각에 남정옥이 큰소리를 쳤다.

"오냐. 한판 붙자."

몸에 최대한 상처를 주지 않으면서 제압하려면 허리춤을 잡고 밀어서 쓰러트린 후에 팔이나 다리를 하나 잡고 적당히 비트는 게 가장 나았다. 하지만 상대방이 어느 정도 싸움을 할 줄 안다면 그마저도 힘들어진다. 불패의 전설이 여기서 막을 내릴 수도 있다는 생각에 비장해진 남정옥이 주먹을 불끈 쥐었다. 이월숙이 다가와서 몸싸움을 시작하려는 순간, 갑자기 숲속에서 뭔가가 튀어나왔다. 처음에는 숲속에 사는 네 발 달린 짐승인 줄 알았는데 교복 차림의 키 큰 남학생이었다. 남정옥은 재빨리 피할 수 있었지만 이월숙은 그러지 못했다. 부딪힌 이월숙은 그대로 나뒹굴었다.

"엄마야!"

"어이쿠, 미안합니다."

남학생은 미안하다는 말을 남기고 비틀거리면서 반대쪽 숲속으로 사라졌다.

"뭐야? 저 미친놈은?"

이월숙이 재수 없다는 표정으로 일어나려는 순간, 남학생이 튀어나온 숲속에서 남자가 또 튀어나왔다. 그쪽을 본 이월숙이 피하려고 했지만 남정옥이 슬쩍 발을 거는 바람에 비틀거리면서 넘어졌다. 이번에는 제대로 부딪혔는지 둘 다 바닥에 넘어지고 말았다. 이마를 감싸 쥔 채 일어난 남자가 버럭 소리를 질렀다.

"야! 너 뭐야!"

"상문여고보 학생인데요? 왜요?"

이월숙의 대꾸에 남자는 눈을 부릅떴다.

"여학생이면 얌전히 공부를 해야지 여기서 뭣들 하는 거야!"

"우리가 여기서 뭘 하든 아저씨가 무슨 상관이에요."

둘의 말싸움이 길어지자 남정옥은 슬쩍 빠져서 남자를 관찰했다. 도리우치라고 불리는 헌팅캡(납작모자)과 가죽 재킷, 그리고 허벅지 통이 넓고 다리 쪽은 좁은 당꼬바지를 입고 콧수염을 기른 차림새를 본 남정옥은 슬쩍 입을 다물었다. 이월숙이 미처 눈치채지 못한 상대방의 정체를 알아차린 것이다. 이월숙이 계속 목소리를 높이자 남자가 품속에서 시커먼 권총을 꺼냈다. 그걸 본 이월숙의 표정이 굳어졌다.

"나는 종로경찰서 소속 형사다! 불량학생을 체포하려고 하는데 방해를 하는 것도 모자라서 꼬박꼬박 말대꾸야!"

나는 새도 떨어뜨린다는 형사를 건드렸다는 생각에 이월숙과 패거리들의 얼굴은 새파랗게 질렸다. 도리우치를 고쳐 쓴 형사가 여학생 무리를 의심스러운 눈초리로 바라봤다.

"그나저나 숲속에 모여서 뭐하고 있던 거야? 불온사상을 학습하고 있던 거 아냐?"

일이 점점 잘못되어 가고 있다는 생각에 이월숙은 그대로 굳고 말았다. 그때 지켜보던 남정옥이 나섰다.

"정구 연습 중이었어요."

"뭐?"

"다음 주에 근우회 주최로 여학생 정구 대회가 열리거든요. 재들이 배우고 싶다고 해서 여기 모인 거예요."

남정옥이 맨손으로 라켓을 휘두르는 시늉을 하면서 패거리들에게 눈짓을 했다. 그러자 패거리들이 따라하는 시늉을 했다.

"이렇게 공이 왼쪽으로 오면 몸을 굽히고 한쪽 무릎에 힘을 준 다음에 라켓으로 힘껏 치는 거야. 이때 허리를 펴고 라켓을 끝까지 휘두르는 게 중요해. 그다음에는 반대쪽으로."

남정옥이 유연하게 스텝을 밟으면서 동작을 보여 주자 패거리들이 따라했다. 맞은편에 서 있던 이월숙의 패거리들이 우두커니 서 있는 걸 본 남정옥이 혀를 찼다.

"야! 가르쳐 달라고 해서 동무들까지 데리고 왔는데 그냥 보고만 있을 거야? 어서 해 보라고."

남정옥의 채근에 이월숙의 패거리들이 하나둘씩 라켓을 휘두르는 시늉을 했다. 그걸 본 남정옥이 구령까지 붙였다.

"하나, 둘! 목소리 크게! 하나, 둘!"

여학생들이 열심히 구령까지 붙여 가면서 라켓을 휘두르는 시늉을 하자 형사는 어이가 없다는 듯 코웃음을 쳤다. 남정옥이 허리에 손을 집고 소리쳤다.

"이월숙! 열심히 안 해! 대회가 코앞이라고."

이월숙이 어처구니없다는 표정으로 어설프게 따라하자 남정옥이 다가가서 자세를 교정해 주는 척했다. 그러면서 발로 오른쪽 복숭아뼈를 힘껏 걷어찼다. 뜻밖의 공격에 놀란 이월숙이 비명을 지르며 쓰러지자 남정옥이 혀를 찼다.

"내가 스텝을 제대로 밟으라고 했지? 일어나서 다시 해 보자. 다음 주가 대회잖아."

남정옥은 자신을 노려보며 일어나려는 이월숙의 복숭아뼈를 다시 찼다. 그것도 모자라서 쓰러진 그녀의 발목을 지그시 밟았다. 이월숙은 눈을 잔뜩 찡그렸지만 호랑이보다 더 무서운 형사 때문에 비명소리도 제대로 내지 못했다. 여학생들이 단체로 라켓을 휘두르는 시늉을 하자 형사는 헷갈리는지 이마를 잠시 긁다가 결국 권총을 품속에 집어넣었다.

"이런 데 모여 있지 말고 얼른 집에 가!"

형사가 사라지자 여학생들은 너 나 할 것 없이 한숨을 쉬면서 자리에 주저앉았다. 그 틈에 남정옥이 이월숙에게 다가갔다. 다리를 다친 이월숙이 절룩거리면서 패거리들을 돌아봤다. 하지만 패거리들은 그녀를 도울 생각이 없는 눈치였다. 이월숙이 당황하면서 뒷걸음질을 치자 남정옥이 히죽 웃으며 더 다가갔다.

"어디 가는데?"

정류장까지 따라온 상문여고보 패거리들은 남정옥에게 90도로 인사를 하고 떠났다. 그나마 의리를 지키는 몇 명이 다리를 다친 이월숙을 부축했다. 따라온 패거리들을 태운 전차가 출발하자 남정옥은 가방을 추스르고 진고개 쪽으로 걸었다. 가는 길에 시끌벅적한 아지노모토* 홍보대와 마주쳤다. 광대 복장을 한 남자를 선두로 아지노모토 홍보 깃발을 든 일꾼들이 터벅터벅 걸었고, 제일 마지막에는 북과 나팔을 시끄럽게 불면서 전단을 나눠 주는 방식이었다. 그들을 스쳐 지나간 남정옥은 진고개 입구에 해당되는 선은전광장**에 도착했다. 일본인들이 '센긴마에 히로바', 조선인들은 '선은전광장'이라고 부르는 이곳은 경성 최고의 번화가였다. 겨울이라 물이 없는 분수대 앞으로는 구불구불한 전차선이 지나갔다. 한쪽에는 구라파(유럽)의 성채같이 생긴 조선은행 본점이 자리 잡고 있었다. 조선은행 맞은편에는 붉은색 벽돌과 화강암을 절묘하게 섞어서 지은 경성우편국이 보였다. 경성우편국 옆 골목이 바로 조선인들이 진고개, 일본인들이 혼마치라고 부르는 거리의 시작점이었다. 좁은 골목길 입구에는 혼마치라는 글씨가 박힌 철제 구조물이 서 있었고, 그 아래에는 기모노를 입고 얼굴을 하얗게 칠한 일본 여인부터, 갓을 쓰고 지팡이를 든 조선 노인까지 다양한 사람

* 같은 이름의 일본 회사에서 만든 인공 조미료.

** 지금의 한국은행화폐박물관(당시 조선은행 본점) 앞을 가리키는 말.

들이 어깨를 부딪치며 오갔다. 광장 한쪽에는 프랑스제 화장품으로, '레도구리무'라는 글씨가 박힌 커다란 광고 철탑이 서 있었다. 선은전광장에서는 전차는 물론이고, 종로에서는 보기 힘든 자동차도 쉽게 볼 수 있었다. 그곳에는 삼월오복점이라고 부르는 백화점이 있었다. 커다란 문으로 사람들이 쉴 새 없이 드나들었지만 남정옥은 안으로 들어가지 않고 밖에서 서성거렸다. 바닥이 다다미라 안에 들어가면 신발을 벗어야만 했는데 그게 싫었기 때문이다. 잠시 후, 쏟아져 나오는 사람들 틈에서 배복순이 보였다. 물건이 가득 담긴 바구니를 든 배복순이 남정옥을 보고 활짝 웃었다.

"상문여고보 애들은?"

"라켓으로 끝내 줬지."

남정옥이 라켓을 휘두르는 시늉을 하자 배복순은 영문을 모르겠다는 듯 눈을 동그랗게 떴다.

"뭐 샀어?"

배복순은 남정옥의 물음에 바구니를 바라보면서 대답했다.

"카스테라(카스텔라)랑 칼피스* 샀어. 그리고 아지노모토랑 카레가루도 좀 샀고."

남정옥 입장에서는 구경하기조차 힘든 것들을 대수롭지 않게 샀다고 말한 배복순이 천진난만하게 웃었다. 아까 싸울 뻔한 이월

* 같은 이름의 일본 회사에서 만든 유산균 음료.

숙이 친일파 귀족의 딸이었다면 배복순은 그냥 앉아만 있어도 재산이 불어난다는 갑부 집 딸이었다. 그래서인지 배복순은 더없이 순진했다. 운동을 좋아하고 다혈질인 남정옥과는 여러모로 달랐다. 하지만 남정옥은 차분하면서도 조용한 배복순을 좋아해서 둘은 잘 어울려 다녔다. 전차를 타기 위해 광장을 가로지르던 배복순에게 남정옥이 물었다.

"근데 왜 직접 샀어? 식모한테 시키면 되잖아."

"어, 오빠가 집에 온다고 해서."

"진짜?"

남정옥의 눈빛이 반짝거리라고는 생각지도 못한 배복순이 대답했다.

"응, 어머니, 아버지는 동래온천에 가셨고, 식모는 서방이 아프다고 해서 잠시 집에 갔거든. 아! 우리 오빠 못 봤지? 집에 같이 갈래?"

"어, 그, 그럴까?"

속으로는 펄쩍 뛸 정도로 기뻤지만 애써 태연한 척한 남정옥이 대수롭지 않다는 표정으로 대답했다. 배복순의 오빠는 키가 크고 잘생긴 데다 공부도 잘한다는 소문이 돌았다. 한 번도 본 적이 없어서 '뒤태 오빠'라는 별명이 붙었지만 배복순에게 들은 얘기만으로도 빠져들기에는 충분했다. 남정옥은 못 이기는 척 따라간다고 했다. 전차를 탄 두 사람은 몇 년 전에 광화문을 옮기고 지은 총독부 앞에서 내렸다. 인력거들이 줄지어 서서 손님을 기다리고 있는 총독부 앞을 지나 서촌 오르막길을 오르자 중턱 즈음에 배복순이 사는 집이 보였다. 콘크리트로 만든 높다란 담장엔 쇠창살이 촘촘하게 박혀 있었고, 밖에서는 안을 볼 수 없도록 나무들이 빽빽하게 심어져 있었다. 약간 오르막길 위에 있는 대문은 두툼한 철문으로 호랑이 모양의 문고리가 달려 있었다. 배복순이 문 옆의 초인종을 누르자 잠시 후에 등이 구부정한 할아버지가 문을 열어 줬다.

"오셨습니까? 아씨."

"여긴 제 동무예요. 오빠는요?"

배복순의 물음에 노인이 고개를 저었다.

"도련님은 안 오셨습니다."

"그래요? 알겠어요."

그사이에 남정옥은 정원과 집을 살펴봤다. 벽돌로 만든 2층 저택은 끝이 안 보일 정도로 크고 길었다. 1층 창문은 서양식인데, 2층의 창문은 일본식이었다. 잘 가꾼 정원에는 작은 석탑과 불상 같은 것들이 여기저기 보였다. 지붕이 달린 현관은 계단 위에 있었는데, 거기로 올라가던 배복순이 갑자기 깡충거리며 내려왔다.

"우리 물고기 보러 가자."

"물고기?"

"뒤쪽에 연못이 있어."

집 뒤쪽 항아리가 옹기종기 모여 있는 곳 옆에 작은 연못이 보였다. 안에는 큼지막한 잉어들이 유유히 헤엄치고 있었다. 그걸 본 남정옥은 입을 다물지 못했다.

"집에 이런 것도 있어?"

"우리 집은 아무것도 아니야. 저기 보여?"

배복순이 담장 너머 가리킨 곳은 뾰족한 지붕이 있는 서양식 주택이었다.

"뾰족집이라고 부르는데 저기에는 우리 집만 한 연못이 있대."

"정말?"

배복순의 집만 해도 어마어마한 크기였는데 그 정도 크기의 연못이 있다는 게 믿기지 않았다.

"그렇다니까, 장마철만 되면 거기 연못물이 넘쳐서 아랫동네에서는 물난리가 나나 봐."

"그런데 가만있어?"

남정옥이 믿기지 않는다는 듯 묻자 배복순이 작게 한숨을 쉬었다.

"어쩌겠어. 돈도 많고 힘도 있는 집안이거든."

물고기 구경을 마친 남정옥은 배복순을 따라 집으로 들어갔다. 긴 널빤지가 깔린 복도의 좌우로 방들이 있었는데 벽난로가 있는 서양식이었다. 복도를 지나 2층으로 올라간 배복순은 제일 끝에 있는 자기 방으로 남정옥을 데리고 들어갔다. 2층의 거실은 한옥처럼 꾸며져 있었지만 서양식 소파와 괘종시계가 보였다. 남정옥의 집보다 더 넓은 배복순의 방에는 값비싼 자개장과 커다란 책상이 있었다. 벽 쪽에는 벽난로도 보였다. 외관부터 내부까지 서양식과 일식, 한식이 뒤섞인 형태였다. 남정옥의 눈치를 슬쩍 본 배복순이 말을 꺼냈다.

"아버지는 신식 물건을 좋아하셔서 이런 식으로 집 안을 꾸미셔. 하지만 양반이라는 자부심이 더 커서 갓과 한복을 입고 다닌다고. 근데 웃긴 게 뭔지 아니?"

남정옥이 고개를 젓자 배복순이 슬쩍 웃으며 말했다.

"발바닥이 아프다면서 신발은 꼭 구두를 신는다."

까르르 웃는 배복순에게 남정옥은 아까부터 궁금했던 것을 물었다.

"그런데 아들이 온다고 했는데 부모님이 다 집을 비우신 거네?"

"사정이 좀 복잡해."

잠깐 어두운 표정을 지은 배복순이 아까 삼월오복점에서 사온 양과자 봉지를 책상 위에 올려놨다.

"얼마 전에 오빠가 갑자기 자퇴를 하겠다고 해서 발칵 뒤집혔어."

"뭐라고? 경성제대 다닌다고 하지 않았어?"

"맞아. 아버지가 얼마나 충격을 받았는지 쓰러져서 돌아가시는 줄 알았어."

경성제대는 들어가기가 엄청 어려워서 졸업만 하면 출세가 보장되는 곳이었다. 그런데 그렇게 힘들게 들어간 곳을 때려치우고 나오겠다니 믿기지가 않았다. 집이 부자라 학비가 모자란 것도 아닐 텐데 말이다.

"왜?"

양과자를 하나 꺼내서 씹은 배복순이 대답했다.

"몰라, 무슨 운동을 하는데 시간이 부족하다고 그랬대. 그래서 아버지가 운동에 필요한 돈을 주기로 하고 겨우 무마했지. 그런데 종종 아버지한테 그만두면 안 되겠냐고 하나 봐."

"이번에도?"

잽싸게 양과자를 하나 물고 또 하나를 손에 든 남정옥의 물음에 배복순이 고개를 끄덕거렸다.

"아버지는 오빠가 뼈대 있는 양반 집안을 물려받고, 경성제대만 졸업하면 집안을 일으켜 세울 거라고 믿고 있거든."

"지금도 충분히 부자 아니야?"

"아버지는 항상 위를 봐. 아래를 보면 안 된다고 하셨어."

"하긴."

남정옥은 양과자를 우물거리며 대꾸했다. 바로 옆에 자기네 집만큼 큰 연못을 가진 부자를 보면 욕심이 안 나려야 안 날 수 없을 것 같았다.

"그럼 이번에 온다고 한 것도 그 문제 때문인 거야?"

남정옥이 묻자 손가락에 묻은 양과자 가루를 탁탁 턴 배복순이 대꾸했다.

"아마 그런 것 같아. 그런데 부모님도 여행 가시고, 지금까지 안

온 걸 보니까 안 올 건가 봐."

배복순의 씀씀이를 떠올린 남정옥이 물었다.

"그런데 너희 오빠는 무슨 운동을 하는데 따로 돈을 달라고 한 거야? 용돈 많이 받지 않아?"

"몰라. 그래서 아버지도 도박이나 아편 같은 건 아닌지 걱정했는데 그건 아닌가 봐."

그 후로도 두 사람은 바닥을 뒹굴면서 얘기를 나눴다. 날씨가 아직 쌀쌀했지만 라디에이터가 있는 배복순의 방은 냉기가 범접하지 못했다. 두 소녀의 얘기는 해가 질 때까지 이어졌다.

다음 날, 두 사람이 다니는 문화여고보의 학생들 사이에서는 남정옥의 이름이 오르내렸다. 강력한 도전자인 상문여고보의 이월숙을 가볍게 제압했다는 소문 때문이었다. 직접 본 사람이 적었고, 남정옥이 입단속을 시켰는데도 부풀려진 소문은 삽시간에 퍼졌다. 남정옥이 손을 대지도 않았는데 이월숙이 겁에 질려서 두 번이나 스스로 넘어졌다는 얘기가 대표적이었다. 배복순이 뒤늦게 호들갑을 떨며 남정옥이 다친 곳은 없는지 살폈다.

"괜찮은 거야?"

"멀쩡해."

"그나저나 손가락 안 대고 상대방을 넘어뜨렸다면서? 무슨 무술 익혔니?"

배복순의 말에 남정옥이 '풋' 하고 웃었다.

"그런 게 아니라 어떤 남자가 멧돼지처럼 뛰쳐나와서 부딪혔어."

남정옥의 말에 배복순이 고개를 절레절레 저었다.

"넌 남자도 이길 거야."

"그런 소리 마. 얌전하게 공부하다 시집갈 거야."

'네 오빠한테'라는 말은 차마 꺼내지 못했다. 그런 속마음은 전혀 짐작하지도 못한 배복순이 남정옥의 어깨를 쳤다.

"저기 경숙이 보인다."

교실 뒷문으로 들어서는 경숙을 본 남정옥이 혀를 찼다. 숙명여고보에 다니는 경숙은 세일러복처럼 생긴 교복 차림이었다.

"남의 학교를 아주 제집처럼 드나드는구나."

"너는 어떻게 볼 때마다 잔소리야? 내가 반갑지도 않니?"

"반갑긴 하지."

남정옥이나 배복순보다 키가 더 크고 피부가 뽀얀 이경숙은 영화에 나오는 배우처럼 보였다. 본인도 영화배우를 꿈꿨다. 그래서 친구들은 그녀가 좋아하는 배우인 그레타 가르보*의 이름을 붙여서 '그레타 경숙'이라고도 불렀다. 우아하게 빈자리에 앉은 이경숙이 가방에서 하얀색 종이를 꺼냈다. 남정옥은 그게 뭔지 대번에 눈치챘다.

* 스웨덴 출신의 할리우드 여배우.

"영화표!"

남정옥이 손을 뻗어서 낚아채려고 했지만 이경숙이 한발 빨랐다.

"어렵게 구한 부인석 표야."

"언제 건데?"

"한 달 후."

"야! 구하려면 오늘 표를 구해야지. 기다리다 목 빠지겠다."

"이것도 줄 서서 어렵게 구한 거라고. 싫음 말고."

이경숙이 표를 도로 넣는 시늉을 하자 남정옥이 잽싸게 말했다.

"누가 싫대? 그때 꼭 보러 가자."

"그리고 말이야. 이 표를 가지고 가면 영화 포스터를 준다고 했어."

"정말?"

마침 점심시간이 끝나는 것을 알리는 종소리가 들렸다.

남정옥과 이경숙은 얼떨떨해 하는 배복순을 데리고 종로를 걸었다.

"우미관* 새로 개장했다며?"

남정옥의 물음에 이경숙이 고개를 끄덕거렸다.

"황금관**처럼 꾸미려고 했나 봐. 어설프긴 한데 이제 화장실 냄

* 1912년에 세워진 우리나라 최초의 극장. 지금의 서울 종각 부근에 있었다.

** 1913년에 세워진 일본인 극장. 지금의 서울 을지로 4가에 있었다.

새는 안 난다고 하더라."

"그것도 그렇고 이층에서 남학생들이 히야카시하는 것 좀 안 봤으면 좋겠는데 말이야."

"커튼도 새로 해 놓아서 남학생들이 못 볼 거래."

"완전 좋아졌네."

들뜬 남정옥이 앞장서서 걸었다. 해가 어둑해지는 종로 거리에는 야시장이 펼쳐질 기미가 보였다. 어제 간 선은전광장에는 밤중에도 대낮처럼 보이게 가로등이 촘촘하게 있는 반면, 조선인들이 모여 있는 종로 일대에는 겨우 어둠이나 쫓을 정도의 가로등밖에는 없었다. 빛조차 차별을 당해야 한다는 것이 내심 못마땅했던 남정옥은 아랫입술을 살짝 깨물었다. 그런 남정옥의 속마음을 아는지 모르는지 이경숙이 어제 일을 끄집어냈다.

"어제 상문여고보 애들을 박살 냈다며?"

"박살 정도겠니? 아주 가루로 만들었지."

아무리 아니라고 해 봤자 안 들을 게 뻔했기 때문에 남정옥은 될 대로 되라는 심정으로 말했다. 그러자 이경숙은 신이 나서 떠들었다.

"나중에 우리 의리적 구토* 같은 활극 하나 찍자. 응?"

"무슨 역 줄 건데?"

* 1919년 김도산이 연출한 우리나라 최초의 영화 겸 연쇄극(영화를 섞은 연극).

"만주로 떠난 쌍둥이의 언니지. 만주에서 기인을 만나 무술을 익히고, 위기에 빠진 여동생을 구하기 위해 남장을 하고 경성에 나타난 여인!"

"그럼 넌 위기에 빠진 쌍둥이 여동생?"

남정옥의 질문에 이경숙은 고개를 끄덕거렸다.

"가난한 여학생이었다가 어느 날 운명적인 사랑에 빠진 비련의 여주인공이지. 하지만 사랑하는 남자 집안에서는 가난한 그녀를 매몰차게 거절하고, 위기에 빠지고 말아."

"참, 재밌겠네. 나는 라켓 들고 악당들이랑 싸우고, 너는 연애하고?"

심드렁한 남정옥의 대꾸에 배복순이 말했다.

"아리랑*만큼 흥행하겠는데?"

"너까지 왜 그러니."

정신없이 웃고 떠드는 사이 셋은 우미관 앞에 도착했다. 일본인들이 드나드는 명치좌 같은 고급 극장은 아니지만 우미관은 그나마 조선인이 드나드는 극장 중에서는 크고 깨끗한 편이었다. 입구 위에는 그레타 가르보와 클라크 케이블**로 추정되는 서양인이 그려진 간판이 붙어 있었다. 극장 앞에는 '얼음떡'이라고 불리는 모

* 1926년 나운규가 감독과 각본, 주연을 맡아서 제작한 영화.

** 할리우드를 대표하는 남배우.

나카부터 양갱 같은 걸 파는 행상과 갈돕만주*를 파는 고학생들이 손님을 끌기 위해 목소리를 높였다. 그 옆으로는 중학생으로 보이는 학생들이 교복의 목과 가슴 부분 호크를 풀어헤친 채 침을 튀기며 얘기를 나누는 중이었다.

남정옥이 사람들을 헤치고 입구 옆에 있는 매표소로 갔다. 그리고 이경숙이 건네준 표를 보여 주고 둘둘 말린 영화 포스터를 받아 왔다. 옆구리에 영화 포스터를 끼고 돌아온 남정옥이 이경숙과 배복순에게 하나씩 나눠 줬다. 그 자리에서 포스터를 펼친 이경숙이 행복한 표정을 지었다. 그때 교복 차림의 남학생이 옆을 스쳐 지나가면서 칼처럼 날카로운 무언가로 포스터를 찢어 버렸다. 놀란 이경숙이 비명을 지르자 주변 사람들이 돌아봤다.

"야! 미친놈들아!"

낄낄거리는 웃음을 남긴 채 도망치는 학생들을 본 배복순이 중얼거렸다.

"일본 학생들이네."

"그걸 어떻게 알아?"

"옷깃에 사쿠라가 있었거든. 아마 경성학교 애들일 거야."

"일본 학생이든 아니든 남의 포스터는 왜 찢고 다니는 건데?"

* 1920년 고학생들이 만든 단체인 '갈돕회'에서 판매하던 만두.

놀라서 울고 있는 이경숙을 토닥거리던 남정옥의 말에 배복순이 흐릿하게 말했다.

"오빠 얘기로는 일본 학교에서 조선인 여학생을 놀리고 희롱하는 게 유행인가 봐."

"아니, 멀쩡하게 있는 우리를 왜 건드려?"

"확실한 건 아닌데 전라도 광주에서 조선인 학생들과 일본인 학생들이 크게 싸웠대."

"왜?"

"조선인 여학생을 희롱해서 시비가 붙었나 봐. 오빠 말로는 광주가 아주 뒤집어졌다고 하더라고. 신문사도 불탔고."

"그런데 그게 경성이랑 무슨 상관인데?"

남정옥이 이해할 수 없다는 말투로 묻자 배복순이 어깨를 으쓱거렸다.

"아마 기를 죽이려고 저러는 것 같아."

"그런다고 우리가 쥐 죽은 듯 조용히 살 것 같아!"

남정옥이 일본인 학생들이 사라진 곳에 대고 팔뚝질을 해 대자 배복순과 이경숙이 힘없이 웃었다. 남정옥이 이경숙에게 물었다.

"괜찮아?"

"다친 데는 없는데 포스터가 두 동강이 났잖아."

"내 거 가져."

남정옥이 자기 포스터를 건네주자 이경숙이 조심스럽게 물었다.

"정말 받아도 돼?"

"난 별로 관심 없어. 시간도 남는데 근우회 같이 갈래?"

남정옥의 물음에 둘 다 고개를 끄덕거렸다. 딱히 갈 곳도 없고, 그렇다고 집에 일찍 들어가기도 싫었기 때문이다.

근우회 건물이 있는 종묘 쪽으로 걷던 셋은 화평당약방* 앞에서서 지나가는 전차를 물끄러미 보고 있는 하윤숙을 먼발치에서 봤다. 정신여고보에 다니는 하윤숙은 창백한 얼굴에 주근깨가 조금 있었는데 경성의 모던걸 중 최고의 비관론자이자 염세주의자였다. 멀어지는 전차를 지켜보던 하윤숙에게 다가간 남정옥이 어깨를 툭 쳤다.

"또 전차에 뛰어들 생각한 거야?"

그러자 속마음이 들켰다는 듯 어깨를 움츠린 하윤숙이 대답했다.

"전차 속도로는 사람이 치여도 죽지 않아."

"정말로 죽으려고?"

"원래는 작년에 죽으려고 했는데, 내년에는 꼭 죽을 거야."

"올해는 안 죽고?"

남정옥이 어이없다는 듯 묻자 하윤숙이 눈이 녹지 않은 거리를

* 당시 서울 종로에 있던 유명 약국으로, 광복 후에도 계속 영업을 하다가 1980년대 폐업했다.

바라보면서 중얼거렸다.

"올해는 왠지 죽으면 안 될 것 같아서."

지켜보던 배복순은 말장난 같은 하윤숙과 남정옥의 얘기를 들으면서 생각에 잠겼다. 늘 죽을 거라고 하는 하윤숙만큼 배복순 역시 산다는 것에 큰 의미를 두지 않았다. 하루하루가 걱정이 없었고, 앞으로 무엇을 하겠다는 생각도 없었기 때문이다. 배복순은 그런 나른함과 따분함이 남정옥같이 남자들보다 더 험악한 친구부터 영화에 푹 빠져서 현실과 상상을 구분하지 못하는 것 같은 이경숙, 그리고 하윤숙같이 염세주의자와 가깝게 지내게 된 이유일지도 모른다고 속으로 생각했다. 적어도 그들과 함께 지내면 심심하지는 않으니까 말이다. 하윤숙과 얘기를 좀 더 나눈 남정옥이 어깨를 토닥거리면서 말했다.

"올해는 안 죽는다고 하니까 안심이네."

"세상에는 죽는 방법이 많거든, 우아하게 죽는 법을 내년까지 찾을 거야."

"고통 없이 죽는 방법을 찾으면 나한테도 꼭 알려 줘."

"유서로 남겨 놓을게."

하윤숙의 대답을 들은 남정옥이 고개를 절레절레 저으며 말했다.

"우리 정구 연습하러 근우회 가는데 같이 가자."

"떼 지어 몰려가면 좋아할까?"

소심한 하윤숙의 물음에 남정옥이 대답했다.

"언제든 놀러오고 싶으면 오라고 했어. 그리고 나 다음 달에 정구 대회에 나가려면 연습하러 가야 해."

세 모던걸과 하윤숙은 종로에 있는 근우회로 향했다. 근우회는 여성들의 지위 향상을 도모하기 위해 1927년 만들어졌다. 여성들이 만들고 활동한 단체라 남정옥같이 호기심 많은 여학생들이 자주 드나들었다. 사무실로 올라가자 다행히 박정자가 앉아 있었다. 새로 나온 〈근우회지〉를 읽고 있던 박정자는 우르르 몰려온 모던걸들의 인사를 받자 사람 좋은 미소를 지었다.

"어서 와라. 커피 마시러 왔니?"

20대 후반의 박정자는 결혼도 하지 않고 근우회 일에 매진했다. 야윈 얼굴과 날카로운 눈매는 박정자의 고집스러운 성격을 보여주는 듯했다. 남정옥과 이경숙이 난로 앞에 앉아서 불을 쬐는 동안 배복순이 하윤숙의 어깨를 잡고 박정자에게 말했다.

"얘한테 평생 마시고 싶어서 죽고 싶지 않을 정도로 맛있는 커피 좀 주세요."

"그럴까? 잠시만 기다려라."

박정자가 커피를 타기 위해 일어나는 사이, 남정옥을 비롯한 모던걸들은 뒤뜰 쪽 창가에 서서 정구 연습을 구경했다. 학교와 출신 배경이 다른 넷이 친하게 된 것도 바로 근우회에서 주최한 정구 대회 때문이었다. 서로 죽이 잘 맞는 것을 알게 된 그녀들은 대회가 끝난 후에도 종종 어울렸다. 잠시 후, 커피를 가져온 박정자가 남정옥에게 물었다.

"이제 정구 대회도 얼마 남지 않았구나. 준비는 잘하고 있니?"

정구 대회에 학교 대표로 나갈 예정인 남정옥은 돌아서서 라켓을 휘두르는 시늉을 하면서 대답했다.

"이번에 꼭 우승할 거예요!"

남정옥이 걱정하지 말라며 활기차게 말하자, 이경숙이 끼어들었다.

"우리도 열심히 응원할게요."

씩 웃은 박정자가 안경을 끌어올리며 남정옥에게 물었다.

"대회 때까지 관리 잘하고, 그런데 싸움을 했다고 들었다."

"누, 누가 그래요?"

놀란 남정옥의 물음에 박정자가 혀를 찼다.

"근우회에 얼마나 많은 여학생들이 드나드는지 알잖아. 종로도서관 뒷산에서 패싸움을 했다고 들어서 많이 걱정했다. 물론 여러 이유가 있겠지만 건전한 방법으로 경쟁을 하면 좋겠어."

"실제로 싸우지는 않았어요."

남정옥이 차분한 목소리로 말했지만 박정자는 물론이고 모던걸들도 믿지 않는 눈치였다. 분위기가 어색하게 흐르자 박정자가 화제를 돌렸다.

"요즘 광주는 물론이고 경성에서도 화제가 되는 일 알고 있니?"

다들 영문을 몰라 하는데 배복순이 대답했다.

"얼마 전에 오빠가 하는 얘기를 듣기는 했어요."

"뭐라고 했는데?"

"여학생이 희롱당한 것에 분개한 조선인 학생들이 시위를 크게 벌였다고요."

배복순의 얘기를 들은 박정자가 답답한 듯 한숨을 쉬었다.

"방학 동안 잠잠했지만 지난달에 개학한 이후에 물밑에서 들끓고 있어."

"광주에서는 무슨 일이 일어난 건데요?"

이경숙의 물음에 박정자가 대답했다.

"작년에 광주 통학열차에서 일본인 남학생이 조선인 여학생을 희롱한 일이 벌어졌어. 그런데 열차의 일본인 승객들이나 역무원들이 무조건 일본인 학생들을 두둔했어. 그래서 격분한 조선인 학생들이 행동에 나선 거지. 신간회*에서 김병로와 허헌** 변호사가 광주로 내려가 조사를 해서 세상에 알려졌지."

"그때 신간회에서 주도하려던 시위는 실패로 돌아갔잖아요."

배복순이 그때의 기억을 떠올리면서 묻자 박정자가 고개를 저

* 1927년 조직된 최대 규모의 항일 민족운동 단체.

** 김병로는 초대 대법원장을 지낸 대표적인 법조인으로 일제강점기 때 독립운동가들의 무료 변론을 맡았다. 허헌 역시 법조인으로 신간회에서 활동했다.

었다.

"종로경찰서에서 관련자들을 구속해서 수면 아래로 가라앉았지만 개학을 했으니 다시 불붙을 거야."

두 사람의 대화를 듣고 있던 하윤숙이 끼어들었다.

"맞아. 작년 십이월에 우리 학교도 그 문제로 동맹휴학을 한 적이 있어. 그때 개학하면 다시 시작하자는 얘기도 들었고."

"그런 게 도움이 되겠어요?"

남정옥이 시큰둥하게 묻자 박정자가 반문했다.

"어떤 도움?"

"우리 생활이 나아지는 거요. 아버지는 맨날 먹고살기 힘들다고만 얘기하거든요."

"먹고살기 힘든 원인이 뭐라고 생각하니?"

"봉급을 많이 못 받아서 그런 거겠죠."

그녀의 대답을 들은 박정자가 얘기했다.

"똑같이 일해도 일본인들이 조선인들보다 봉급을 더 많이 받아가기 때문이야. 차별은 사람을 힘들게 하거든, 이런 차별을 없애려면 결국 싸우는 수밖에 없어."

"그걸 우리가 해야 할 이유가 있는 거예요?"

"우린 조선인이자 여성이니까, 우리는 일본인뿐만 아니라 남성들에게도 차별받고 있어. 그걸 이겨 내려면 싸우고 투쟁해서 보여 줘야 해. 우리도 그들만큼 싸울 수 있고, 일할 수 있다는 걸 말이야."

박정자가 비장한 목소리로 말하면서 바라보자 이경숙이 대답했다.

"저는 그것보다 그레타 가르보가 더 좋은데요."

모던걸들이 그 얘기를 듣고 웃자 박정자는 한심스럽다는 표정으로 바라봤다. 한참 웃던 남정옥이 문득 생각났다는 표정으로 박정자에게 물었다.

"그나저나 귀례 못 보셨어요?"

"귀례? 경성여상에 다니는 안귀례?"

"맞아요. 책벌레 귀례요. 요즘 통 못 본 것 같아서요."

남정옥의 말이 채 끝나기도 전에 우당탕거리면서 사무실 문이 열렸다. 그리고 두툼한 뿔테 안경을 코끝에 걸친 안귀례가 나타났다. 책을 너무 좋아해서 시력이 엄청 나빠진 탓에 무거운 안경을 쓴 안귀례는 작고 가냘픈 체격에 감수성이 예민한 편이었다. 창백하고 파리한 얼굴로 늘 움츠리고 다녔다. 그런 안귀례가 헐레벌떡 뛰어 들어오자 다들 놀라고 말았다. 의자에서 벌떡 일어난 박정자가 물었다.

"무슨 일 있니?"

"도, 도서관에 책을 빌리러 갔는데요…."

숨을 헐떡거리는 그녀를 진정시킨 건 이경숙이었다. 손을 잡고 자리에 앉힌 이경숙이 등을 쓰다듬어 주는 사이, 하윤숙이 일어나서 문을 닫았다.

"천천히 숨을 가라앉히고 말해 봐."

박정자의 말에 진정한 안귀례가 입을 열었다.

"아까 종로도서관에 책을 빌리러 갔는데요."

"야! 너 눈이 너무 나빠져서 사서 선생님이 책을 안 빌려준다고 했잖아."

하윤숙의 말에 안귀례가 고개를 저었다.

"마지막으로 한 권만 빌리겠다고 했지. 그렇게 책을 빌리고 밖으로 나오는데 난리가 났어."

"무슨 난리?"

이경숙의 물음에 안귀례가 어두운 표정으로 말했다.

"경성제대 학생이 자전거를 타고 쌩하고 지나가더라고, 그래서 왜 저러나 하고 보는데 갑자기 골목길에서 인력거가 튀어나와서 앞을 가로막았어."

"그래서?"

"자전거가 미처 피하지 못하고 부딪혀서 넘어졌거든, 타고 있던 경성제대 학생도 땅바닥에 넘어졌는데 숨어 있던 순사들이 뛰쳐나와서 다짜고짜 몽둥이로 패고 발길질을 했어."

"저런, 무슨 잘못을 저질렀는데?"

"나도 모르지. 어찌나 심하게 패는지 진짜 죽을 것 같아서 사람들이 쳐다보니까 순사 한 명이 대일본제국의 역적이라고 소리를 치는 거야. 다들 주춤주춤하다가 가던 길을 가 버리고, 나도 지켜보다가 겁이 나서 단숨에 뛰어왔어."

"무슨 일인가요?"

얘기를 들은 남정옥의 물음에 박정자가 고개를 저었다.

"잘 모르겠지만 광주 학생운동과 관련해서 움직임이 있는 것 같아. 가만히 있을 학생들이 아니니까."

며칠 전에도 종로도서관 뒷산에서 학생이 도망치고 종로경찰서 소속 형사가 뒤쫓은 걸 본 남정옥이 중얼거렸다.

"그러고 보니."

"조만간 검거 열풍이 심하게 불 거야. 십 년 전, 기미년처럼 대규모 만세운동이 일어나는 걸 막으려고 할 테니까 말이야,"

"계란으로 바위 치기 같은데 그냥 참으면 안 돼요?"

남정옥의 말에 안귀례가 맞장구를 쳤다.

"맞아요. 순사에게 끌려가면 대부분 멀쩡하게 돌아오질 못해요. 우리 큰아버지처럼요."

안귀례의 아버지는 독립운동을 하던 큰아버지의 동생이라는 이유로 순사에게 잡혀갔다가 돌아오자마자 상투를 잘라 버리고 일본에 충성을 맹세했다. 그 꼴을 본 안귀례의 할아버지는 잡혀갔을 때 죽었어야 했다며 넋두리를 했다. 그러다 아버지가 형처럼 자신도 죽는 꼴을 보고 싶은 거냐며 대들자 며칠 동안 시름시름 앓다가 돌아가셨다. 안귀례는 힘 한번 써 보지 못하고 화병으로 돌아가신 할아버지와 그래도 산 사람은 어떻게든 살아야 한다는 말을 입에 달고 사는 아버지 사이에서 갈피를 잡지 못하고 책에 매달렸다. 신춘문예에 당선되면 집을 떠날 수 있을 것 같았기 때문이다. 복잡한 집안 사정들이 모던걸 각자의 생각들을 가둔 것을 본 박정자는 어두운 표정으로 커피 잔을 입에 갖다 댔다.

근우회에서 친구들과 헤어지고 집으로 돌아온 배복순은 오빠 방에 불이 환하게 켜진 것을 보고는 환호성을 질렀다. 안방으로 들어가자 아버지에게 절을 올리는 오빠의 뒷모습이 보였다. 옆에 있던 어머니가 문을 닫으라고 손짓하는 바람에 배복순은 어쩔 수 없이 문을 닫았다. 그리고 냉큼 2층 계단에 앉아서 오빠를 기다렸다. 얼마 후에, 나무 계단을 밟고 올라오는 소리가 들렸다.

"오빠!"

"복순아, 방에서 기다리지 왜 여기 있어."

늘 그렇듯 푸근한 미소를 지은 오빠의 말에 배복순이 냉큼 일어나서 오빠 방으로 뛰어갔다. 한문과 영어로 된 제목의 책들이 빽빽하게 꽂힌 책장 앞에 있는 의자를 가져다 오빠 책상에 바짝 붙여 놓은 배복순이 팔을 턱에 괸 채 뒤따라 들어온 오빠를 바라봤다.

"살 빠졌네?"

"공부하느라고."

"지난번에 온다고 해 놓고 왜 안 왔어?"

"부모님이 온천 가신다고 해서."

"난 안 보고 싶다 이거지?"

배복순이 입술을 삐죽 내밀자 오빠가 볼을 살짝 꼬집었다.

"그럴 리가 있겠어. 마침 일이 있어서 좀 바쁘기도 했어."

"무슨 일? 어머니가 오빠가 이상한 구락부(클럽) 같은 데 들어간 거 아니냐고 걱정하던데."

"그런 거 아니야."

그 와중에 오빠의 얼굴이 살짝 굳어진 것을 본 배복순은 재빨리 화제를 바꿨다.

"언제까지 있을 거야?"

"며칠 있을 거야."

"그럼 동무들 데려와도 돼?"

"아버지가 가만히 안 계실 거 같은데."

웃으며 대답한 오빠의 말에 배복순이 힘없이 고개를 끄덕거렸다.

"당장 쫓아내겠지."

말끝마다 뼈대 있는 양반 집안을 강조하는 아버지에게 남정옥이나 이경숙 같은 친구들이 눈에 들어올 리가 없었다. 낙담한 배복순에게 오빠가 말했다.

"내가 동무들한테 오빠 자랑을 얼마나 많이 했는지 알아?"

"그랬어?"

"그런데 한 번도 볼 수가 없다고 해서 다들 '뒤태 오빠'라고 불러."

"뭐라고?"

오빠가 재미있다는 표정으로 묻자 배복순이 대답했다.

"정면으로 못 보고 뒤태나 본다고 해서 말이야."

그 얘기를 듣고 한참 웃던 오빠가 말했다.

"미안, 이거 받고 풀어."

오빠가 책상 아래 넣어 둔 종이봉투를 내밀자 배복순은 못 이기는 척 받았다.

"그러지 뭐, 근데 이거 뭐야?"

"공평동 덕은제과에서 파는 카스테라야."

"정말?"

눈이 휘둥그레진 배복순이 종이봉투 안에 잘 포장된 카스테라를 보고 반색을 했다.

"우와!"

"그 제과점 어딘지 알지?"

"알다마다, 동무들이랑 몇 번 가 봤어."

배복순의 대답을 들은 오빠가 조심스럽게 물었다.

"그럼 내일 거기 갔다 와 줄 수 있어?"

"갑자기 왜?"

"거기 주인아저씨한테 뭘 받을 게 있어서 말이야. 내 이름 대면 외상을 해 줄 거야. 동무들이랑 맛있는 거 사 먹어,"

"우와! 오빠 최고!"

배복순이 기뻐하는 걸 본 오빠가 슬쩍 말했다.

"그리고 주인아저씨가 뭘 주면 그걸 나한테 가져다 줘. 할 수 있지?"

"그 정도야 뭐."

배복순이 대수롭지 않게 대답하자 오빠는 안도하는 표정으로 말했다.

"그럼 너만 믿는다."

다음 날, 모던걸들은 웃고 떠들면서 종로를 걸었다. 배복순이 제과점에서 먹을 것을 사겠다고 하자 다들 모인 것이다. 날씨가 아직 춥긴 했지만 모던걸들은 목도리가 풀릴 정도로 깔깔거리며 웃었다. 나이가 든 남자들은 모던걸들을 보고는 말세라면서 혀를 찼다. 앞장서 걷던 하윤숙이 뒤따라오던 배복순에게 물었다.

"그나저나 뒤태 오빠가 쏘는 거 맞아?"

"그럼, 오빠가 자기 이름 달고 외상으로 실컷 먹으라고 했어."

"역시 너무 멋진 오빠야."

하늘을 향해 두 팔을 벌린 이경숙이 영화배우처럼 과장되게 말을 하자 다들 깔깔거리며 웃기 바빴다. 그러는 사이 덕은제과에 도착했다. 제일 먼저 들어간 배복순이 오빠 이름을 말하자 중년의 제과점 주인이 물었다.

"안 그래도 얘기 들었다. 뭐 먹을래?"

"다 시켜 먹어도 되요?"

"그럼, 먹고 싶은 거 다 먹어라."

얘기를 듣고 환호성을 지른 모던걸들이 제각각 빵을 골랐다. 달콤한 팥 앙금이 든 단팥빵부터, 곰보빵이라고도 불리는 소보로, 부드러운 카스테라를 고르고 칼피스와 우유까지 주문한 모던걸들은 햇빛이 잘 드는 창가 자리에 앉았다. 잠시 후, 제과점 주인이 갓 구운 빵과 카스테라를 가져오고, 우유와 칼피스도 따로 쟁반에 담아서 내왔다. 그리고 배복순에게 케이크 상자를 줬다.

"케이크는 오빠 주고, 너희도 맛있게 먹어라."

"고맙습니다."

남정옥은 정구 대회 때문에 많이 먹으면 몸이 둔해진다고 걱정하면서도 누구보다 빠르게 빵을 먹었다. 허겁지겁 빵을 먹는 남정옥과는 다르게, 확연이 눈에 띌 정도로 느리게 빵을 집은 이경숙은 미국 영화에서 보았다면서 빵을 손으로 조금씩 떼어 냈다. 그리고 입에 집어넣고 나서 눈알을 이리저리 굴렸다. 배복순은 이경숙을 따라서 빵을 먹다가 그 모습을 보고는 웃고 말았다.

"왜 그런 표정을 짓는 건데?"

"이거 엄청 맛있게 먹는 표정이야."

"엄청 아파 보이는데."

그 사이 하윤숙이 빵을 내려다보면서 말했다.

"이 빵이 목에 걸리면 죽을까?"

그 옆에서는 안귀례가 비슷한 소리를 했다.

"빵을 주제로 글을 써서 신춘문예에 내면 당선될까 모르겠네."

친구들의 이상한 소리를 한 귀로 흘려 넘긴 남정옥이 배복순에게 말했다.

"그나저나 정말 신기해."

"뭐가?"

"이 빵 말이야. 떡도 아니고 밥도 아닌데 어떻게 먹으면 배가 부르지?"

"밀가루로 만들어서 그렇잖아. 수제비랑 국수에 들어가는 거니까 이것도 많이 먹으면 배부르겠지."

"그런가? 어떻게 만들든 맛만 있다면 상관없지."

빵에 관한 품평은 자연스럽게 정구 대회로 옮겨 갔다. 경성의 여학교들이 모두 참가하는 큰 대회여서 참가자들이 많겠지만 남정옥이 우승할 거라고 믿어 의심치 않았다. 다들 그 얘기를 하는데 갑자기 남정옥이 폭탄선언을 했다.

"이번 대회가 끝나면 당분간 학교에 나가지 않을 거야."

남정옥의 말에 동무들은 벙찐 표정을 지었다. 배복순이 물었다.

"혹시 결혼해?"

"아니,"

"결혼하네. 갑자기 학교를 관두는 건 그거밖에 없잖아."

이경숙이 확신에 찬 표정으로 덧붙이자 남정옥이 대꾸했다.

"이번 대회 끝나면 정말로 연애를 할 거야."

남정옥의 말에 하윤숙이 끼어들었다.

"나도."

그 얘기를 들은 남정옥이 코웃음을 쳤다.

"너 죽는다면서!"

"그러니까 올해 한다고."

"누구 마음에 든 사람 있어?"

하윤숙은 남정옥의 물음에 한숨을 쉬었다.

"그냥 죽기 전에 연애 한번 해 보고 싶었어."

다들 혼기가 찬 상태라 집에서 혼처를 알아보는 중이었다. 결혼을 하게 되면 바깥을 자유롭게 돌아다닐 수 없기 때문에 다들 막연히 두려워했다. 듣고 있던 이경숙 역시 마찬가지였다.

"그래 죽더라도 연애는 해 보고 죽어야지. 나도 하고 싶다."

그녀의 말에 배복순이 고개를 갸웃거렸다.

"넌 남자 싫다면서."

"남자가 싫은 게 아니야. 그쪽에서 먼저 그만두자고 한 거지."

"무슨 소리야?"

정색을 한 배복순에게 이경숙이 한숨과 함께 털어놨다.

"사실 작년에 약혼을 했었어."

"진짜? 누구랑?"

"아버지가 아는 집안 남자랑, 일본 유학 중이라 돌아오면 혼인하기로 했는데 지난달에 파혼하자는 연락을 받았어."

"왜?"

"일본에서 자유연애 중이라서 조선에 돌아와서 혼인하기 싫다고 했나 봐."

"맙소사."

다들 아무 말도 하지 못한 채 이경숙을 바라봤다. 이경숙이 한 손으로 머리를 쓸어 넘기며 말했다.

"그래서 나 영화배우로 살기로 했어. 멋지게, 혼자 말이야."

이런저런 얘기를 하는 동안 우울해지자 남정옥이 분위기를 바꿨다.

"우리 연애나 하는 일 모두 잘되자."

"너는 우승하고."

안귀례의 말에 남정옥이 고개를 끄덕거렸다.

"물론이지."

이경숙이 내일 볼 영화에 대해서 들려줬다. 이경숙이 좋아하는 그레타 가르보에 대한 설명이 이어졌지만 몇 번이나 같은 얘기를 들었던 다른 모던걸들은 심드렁해 했다. 이경숙은 특히 좋아하는 배우가 나오는 영화와 평소에 좋아하는 변사를 같이 볼 수 있기 때문에 더욱 기대하는 눈치였다. 어떤 변사가 좋은지를 두고는 잠시 입씨름을 벌였다. 쓰고 있던 안경을 닦던 안귀례는 새로운 소설의 소재가 될 수 있을까 해서 진지하게 들었다. 배복순은 영화 애기에 한창 정신이 없던 모던걸들에게 의미심장한 얘기를 꺼냈다.

"오빠가 집에 돌아왔어."

배복순의 오빠가 왔다는 말에 모던걸들의 시선이 쏠렸다. 남정옥이 소보로빵 조각을 손에 쥔 채 제일 먼저 말했다.

"진즉에 말했어야지. 이제 소개시켜 주는 거야?"

"맞아! 나도 보고 싶어."

조용하던 안귀례까지 가세하면서 시선이 온통 배복순에게 모였다. 잘 생기고 똑똑한 배복순의 오빠는 친구들 사이에서도 화제와 선망의 대상이었다. 하지만 오빠에게 들은 얘기랑 집안에서 어떤 반응을 보일지를 알고 있던 배복순은 조심스럽게 대답했다.

"곧 만나게 해 줄게, 오빠도 너희 만나 보고 싶어 해."

"진짜? 너 오빠 없는데 우리한테 거짓말하는 거 아냐?"

이경숙이 새초롬하게 노려보면서 칼피스를 한 모금 마셨다. 배복순이 빈 의자에 올려놓은 케이크 상자를 바라보면서 대답했다.

"공부하느라고 바빠. 그래서 여기 빵집도 대신 왔잖아."

"하긴, 경성제대 학생들은 공부하느라 잠도 제대로 못 잔다고 하잖아."

하윤숙이 심드렁하게 대꾸하자 배복순이 씩 웃었다.

"그래도 집에 며칠은 있을 거 같으니까 시간 낼 수 있을지 물어볼게."

"뒤태 오빠한테 내가 정구 대회 우승컵을 바친다고 전해 줘."

남정옥이 두 손으로 뭔가를 바치는 시늉을 하자 모던걸들이 일제히 깔깔거렸다. 한참 웃던 배복순이 대답했다.

"일단 우승이나 해."

뒤태 오빠

1930년 1월, 경성

배복순의 오빠 배완희는 케이크를 들고 모교인 중앙고등보통학교로 향했다. 먼발치서 순사보조원이 따라오는 것처럼 느껴졌지만 모른 척 인력거를 타고 학교로 간 것이다. 운동장에서는 교복과 교모를 벗은 학생들이 입김을 내뿜으면서 축구를 하는 중이었다. 운동장을 지나쳐 붉은 벽돌로 만든 2층짜리 본관 건물로 들어간 배완희는 곧장 2층의 빈 교실로 향했다. 그곳에는 선생님의 생일을 핑계로 동료들이 모여 있었다. 그들은 경성제대나 보성전문학교, 연희전문학교 재학생이거나 졸업생들이었다. 리더 역할을 하는 배완희가 들어서자 다들 그를 바라봤다. 보성전문학교에 다니는 오덕환이 물었다.

"미행은?"

"먼발치서 붙긴 했는데 오늘은 명분이 있잖아."

"그렇긴 하지만 뭔가 낌새를 챈 거 아닐까?"

오덕환뿐만 아니라 다른 동료들도 모두 불안해 하는 눈치였다. 그러자 배완희는 케이크 상자를 책상에 올려놓으며 대답했다.

"원래 우리가 하려는 일이 위험할 수밖에 없어. 그러니까 더 조심하자고."

배완희가 일일이 눈을 맞추면서 얘기하자 동료들의 표정도 밝아졌다. 오덕환이 그런 동료들에게 말했다.

"그래, 우리가 언제 편하자고 이번 일에 나섰겠어? 다들 힘내자."

동료들의 표정을 살핀 배완희는 며칠 전에 종로도서관에 갔다가 형사에게 잡힐 뻔한 얘기를 하지 않았다. 분위기가 좀 진정되자 오덕환이 그에게 물었다.

"이제 어떡할 거야?"

"방학이 끝났으니까 애초 계획대로 동맹휴학이랑 시위를 벌여야지."

"그게 말처럼 쉽겠어?"

작년 겨울, 광주에서 학생들이 시위를 벌였다는 소식이 경성에 전해지면서 그가 졸업한 중앙고보를 비롯한 여러 학교의 학생들도 시위에 참여하고 동맹휴학에 가담했다. 하지만 일본의 사전 단속으로 상황이 녹록지 않았다.

"문제는 말이야. 어떻게 동시다발적으로 시위를 벌이느냐지."

오덕환의 말에 동료들이 걱정스러운 표정을 지었다. 파급효과가 크려면 적어도 경성 시내의 고등보통학교나 중학교 상당수가 시위에 가담해야만 했다. 하지만 연락망을 넓혔다가는 일본 경찰의 감시망이나 밀정에게 들킬 위험이 높았다. 비밀을 지키려면 상대적으로 소규모로 시위를 벌여야 하는데 가담자가 적을수록 묻힐 가능성이 많았다. 이래저래 복잡해진 상황이라 다들 굳은 표정을 풀지 못했다. 배완희가 말했다.

"관건은 비밀리에 각 학교의 대표자들과 연락을 하는 거지."

"그게 말처럼 쉽겠어? 당장 우리부터 감시를 받고 있는데 말이야."

뾰족한 해결책이 없는 상황이라 다들 막막해 하는 와중에 그가 케이크 상자를 열었다. 안에는 생크림으로 만든 케이크가 들어 있었다. 다들 의아해 하는 가운데 배완희가 케이크 상자 바닥에서 종이 몇 장을 꺼냈다.

"시위에 쓸 격문이야."

"이거 어떻게 인쇄했어?"

종이를 받아 든 오덕환의 물음에 배완희가 씩 웃었다.

"중학교 동창 아버지가 작은 인쇄소를 해서 몰래 부탁했어. 여동생에게 부탁해서 전달받았고."

"여동생?"

"여고보에 다니는데 당사자 모르게 심부름을 시켰어."

"하긴, 모껄*이라면 일본 경찰들도 감시할 생각을 하지 않을 거야."

* 모던걸의 줄임말.

종이를 움켜쥔 오덕환의 말에 배완희가 동료들을 바라보면서 입을 열었다.

"내가 여동생과 모던걸들을 통해서 각 학교에 연락할 수 있는 방법을 찾아볼게. 그런 다음에 같은 날짜에 일제히 시위를 벌이는 거야."

"그럴듯한데?"

오덕환을 시작으로 동료들이 모두 찬성하자 배완희는 흐뭇한 표정을 지었다.

시계집*으로도 불리는 종로경찰서 안에 낡은 가방을 둘러메고 허름한 차림을 한 조선인 남자가 들어섰다. 삐걱거리는 소리에 반사적으로 고개를 든 조선인 순사보조원 김씨가 대뜸 얼굴을 찡그렸다.

"이봐! 어디서 왔어?"

"서장을 만나러 왔소."

탁한 목소리로 대답한 남자에게 김씨가 혀를 찼다.

"뭐라고? 서장님이 너 같은 놈을 만날 이유가 없잖아."

"약속을 했소."

남자가 무심하게 대꾸하자 기분이 상한 김씨가 자리에서 일어

* 당시 종로경찰서의 별명. 지붕의 원통형 돔에 둥근 시계가 있어서 붙은 이름이다.

났다.

"좀 맞아야 정신을 차리겠군."

김씨가 곤봉을 들고 다가갔지만 남자는 꿈쩍도 하지 않았다. 그때 뒤에서 나카무라 서장의 목소리가 들렸다.

"어서 오게."

놀란 김씨가 차렷 자세를 취한 가운데 남자 앞으로 뚜벅뚜벅 걸어간 나카무라 서장이 더없이 공손한 목소리로 말했다.

"남도식 군 맞나?"

"그렇습니다."

메고 있던 가방을 내려놓은 그의 대답에 나카무라 서장이 흡족한 표정을 지었다.

"바쁜데 와 줘서 고맙네. 내 방으로 가세."

"알겠습니다."

앞장 선 나카무라 서장을 따라가려던 남도식은 얼어붙어 있는 김씨를 돌아봤다.

"가방 잘 보관해 주게."

"네, 알겠습니다."

두 사람이 2층 계단으로 올라갈 때까지 굳어 있던 김씨는 겨우 한숨을 돌렸다. 발밑에 놓인 가방을 집어 든 그에게 동료 박씨가 슬쩍 말을 건넸다.

"죽다 살아났군."

"생김새가 저렇잖아. 그나저나 대체 누구야?"

"남도식이라고 했잖아."

"듣긴 했지."

"그 유명한 남도식을 모른단 말이야?"

"누군데?"

눈살을 찌푸린 김씨에게 동료 박씨가 말했다.

"밀정 중의 밀정이지. 청진이랑 군산 쪽에서 노동자들이 파업하려고 하면 귀신같이 나타나서…."

"그래서?"

"조직에 잠입해서 정보를 캐낸 다음에 일망타진하지. 작년 광주 쪽에서도 활동했다고 하던데 말이야."

"그런데 여기는 왜 온 거야?"

김씨의 물음에 박씨가 고개를 갸웃거렸다.

"학생들 때문이겠지. 작년 겨울에 난리 났잖아. 올해도 개학하고 각 학교에서 불온한 움직임이 있는 것 같다고 정보 보고가 올라온 거 기억 안 나?"

혀를 찬 김씨가 가방을 들면서 혀를 찼다.

"그럼. 조만간 경성이 시끄러워지겠군. 학생이면 학생답게 공부나 할 것이지."

잠시 후에 모두 서장실로 모이라는 사환의 얘기가 들렸다.

남정옥이 네트를 살짝 넘어온 공을 라켓으로 툭 밀었다. 그러자 회전이 걸린 공이 네트를 다시 살짝 넘어가면서 바닥에 툭 떨어졌다. 네트 옆에 서 있던 심판이 남정옥 쪽으로 손을 들자 구경하고 있던 모던걸들이 일제히 발을 구르고 환호성을 질렀다. 반면, 상대방은 짜증스러운 표정으로 라켓을 허공에 휘둘렀다. 그것으로 3세트가 남정옥의 승리로 끝나면서 세트 스코어는 2대 1이 되었다. 자리를 바꾸느라 네트를 넘어온 그녀의 귓가에 익숙한 목소리가 들렸다.

"야! 남정옥!"

뒤를 돌아보자 관람석에서 팔짱을 끼고 앉아 있는 이월숙이 보였다. 남정옥이 라켓을 들어서 아는 척을 하자 이월숙은 인상을 확 찡그렸다.

"거짓말쟁이!"

"내가 뭘?"

"나랑 싸우지도 않았으면서, 이겼다고 동네방네 소문내고 다닌 걸 모를 줄 알고?"

"그럼 두 번이나 넘어진 건 거짓말이야?"

"그건 산속에서 뛰어다니는 어떤 미친놈들 때문이었고! 정정당당하게 승부를 봐야지!"

억울함에 가득 찬 이월숙의 말에 남정옥이 라켓을 휘두르면서 대꾸했다.

"시합 끝나고 보자."

다음 세트도 여유롭게 이긴 남정옥은 친구들에게 둘러싸여서 축하를 받았다. 배복순이 친구들에게 봉투를 내밀었다.

"이거 오빠가 준 거야."

"뭔데?"

"돈! 오늘 대회가 있다고 하니까 네가 우승할 거라면서 이기면 이걸로 한턱내라고 하더라."

"완전 멋진데."

이경숙이 환하게 웃으면서 얘기하자 하윤숙도 비관주의자답지 않게 호들갑을 떨었다.

"이걸로 진고개 가서 카라멜(캐러멜) 사 먹자."

"거기 말고, 계동으로 가야 해."

배복순의 대답을 들은 하윤숙이 고개를 갸웃거렸다.

"그 골목길에는 왜?"

"오빠가 휘문고보 앞에 있는 제과점에 가서 사 먹으라고 했어."

"거기까지 가야 해?"

"오빠의 부탁이야. 싫으면 말고."

배복순이 봉투를 도로 넣으려는 시늉을 하자 하윤숙이 잽싸게 손목을 잡았다.

"누가 싫다고 그랬니? 어서 가자."

그럴 줄 알았다는 듯 배시시 웃은 배복순이 오빠가 준 케이크 상자를 옆구리에 끼고 앞장섰다.

"문제는 사람입니다. 사람."

남도식이 힘주어 말하자 지켜보던 나카무라 서장이 가만히 고개를 끄덕거렸다. 최고 책임자인 나카무라 서장이 경청하는 모습을 보이자 다른 순사와 순사보조원들도 꼼짝없이 얘기를 들어야만 했다. 남도식은 책상 모서리에 잔뜩 쌓여 있는 서류철을 보고는 코웃음을 쳤다.

"음모를 적발하고 분쇄하려면 결국 밀정을 써서 정보를 캐내야만 합니다. 지금처럼 멀리서 감시하고 지켜보는 걸로는 잡을 수가 없어요."

"하지만 대부분 점조직으로 비밀리에 운영하고 있어서 찾아내기가 쉽지 않네. 기미년 이후로는 무작정 붙잡아서 고문할 수도 없어서 말일세."

나카무라 서장이 하소연을 하자 남도식이 대답했다.

"작년에 광주에서 불량학생들이 일으킨 난동이 왜 경성까지 퍼졌는지 아십니까?"

나카무라 서장이 고개를 들어 대답했다.

"그거야 신간회의 김병로와 허헌 같은 자들이 진상보고회를 빙자해서 유언비어를 유포했기 때문이 아닌가?"

"그건 표면적인 것이고, 실제로는 이자 때문입니다."

창가 쪽 흑판으로 걸어간 남도식이 한문으로 이름들을 적자 순사보조원 박씨가 중얼거렸다.

"장홍염?"

"전라남도 신안군 장산면 출신으로 휘문고등보통학교 학생이었습니다."

"이자가 핵심적인 역할을 했단 말인가?"

"이자의 선배가 바로 신간회 광주지부 상무간사였던 장석천입니다. 그자가 후배인 장홍염을 설득해서 경성으로 가서 유언비어를 퍼트리라고 한 것이죠."

"그럼 신간회의 활동은?"

"공식적인 활동은 우리 눈을 가리기 위한 것이었습니다. 제가 초창기부터 그 사실을 계속 얘기했지만 다들 무시했고, 그 결과는 작년 십이월의 대소동이었습니다."

"우리는 주동자들을 모두 체포해서 안심하고 있었지."

"겉으로 드러난 주동자들은 아무리 체포해 봤자 소용없습니다."

"그래서 자네를 특별히 초빙한 거네. 개학할 때가 되자 경성의 각 학교들이 다시 들썩거리고 있어."

"십이월에 조직을 완전히 소탕하지 못했으니까요. 아마 방학 동안 준비하고, 지금 물밑에서 활발하게 움직이고 있을 겁니다."

"사전에 차단하고 봉쇄할 방법은?"

"일단 휴교령을 내리는 겁니다. 학교가 문을 닫으면 학생들이 모일 방법이 없으니까요."

남도식의 얘기를 들은 나카무라 서장이 고개를 저었다.

"총독부 학무국에 문의했더니 심증만 가지고는 어렵다고 하더군. 거기다 개학한 지 얼마 되지도 않아서 휴교령을 내리면 일정이 복잡해진다고 손사래를 쳤어."

"그럼 용의자들을 감시하고 있다가 움직이기 전에 일망타진하는 수밖에는 없습니다. 학교에 밀정을 심어 놨습니까?"

"조선인 학생들 사이에 밀정을 심는 건 대단히 어려워. 배신자 취급을 당하면 버틸 수가 없기 때문에 다들 입을 다물지."

"약한 고리가 분명히 있을 겁니다. 제가 한번 찾아보겠습니다."

"부탁하네. 총독부에서는 기미년 대폭동이 재현될까 대단히 우려하고 있어."

콧대 높은 나카무라 서장이 간곡하게 부탁하는 모습을 본 종로 경찰서 순사들이 바짝 긴장했다. 분필을 내려놓은 남도식이 대답했다.

"저만 믿으십시오. 서장님."

"그러지. 내 부하들이 자네를 전폭적으로 지원해 줄 걸세. 안 그런가?"

나카무라 서장이 돌아보면서 말하자 모여 있던 순사들과 순사 보조원들이 일제히 대답했다.

"하이!"

그 모습을 지켜보던 남도식은 칠판으로 걸어가서 이름을 몇 개 적었다.

"지금부터 이자들과 가족들을 철저하게 감시한다. 어디에서 누구를 만나는지 하나도 빼놓지 말고 철저하게 감시하도록."

한밤중에 중앙고보 숙직실에서 열린 모임은 대규모 시위를 벌이기 위한 사전 준비 모임이었다. 한 명은 계속 커튼이 쳐진 창밖으로 바깥 동태를 살폈다. 배완희가 종이를 꺼내서 보여 줬다.

"연희와 보성 전문은 물론, 휘문과 중앙, 양정, 경신, 중동고등보통학교 들과 연결했어. 그리고 이번에는 경성제대 예과도 참여할 거고."

"우와! 대단한데"

들뜬 오덕환의 말에 다른 동료들도 같은 생각이라며 고개를 끄덕거렸다.

"여동생이랑 모던걸들이 중간에 연락책 역할을 잘해 줬어."

"격문도 다 전달해 줬고, 이제 각 학교 대표들에게 날짜와 시간만 알려 주면 되는 거잖아."

오덕환의 물음에 배완희가 대답했다.

"맞아. 그게 제일 중요하고 위험하지."

"이번에도 여동생이 전달할 거야?"

그의 물음에 배완희는 고개를 저었다.

"직접 만나서 전달하게."

"위험한 거 아니야? 한자리에 모였다가 정보라도 새 나가면…."

생각만 해도 끔찍하다는 표정을 지은 오덕환의 말에 배완희가 고개를 저었다.

"마지막에는 직접 대면해서 얘기해야지 확실할 거야. 거기다 길면 꼬리가 잡힌다고 여동생도 의심을 받을 것 같아."

"그런데 의심을 받지 않고 다 모일 방법이 있을까?"

"생각해 둔 게 있으니까 염려 마."

빙그레 웃은 배완희가 대답할 찰나, 커튼 사이로 바깥을 살펴보던 동료가 말했다.

"정문 쪽에 누가 있어."

오덕환이 재빨리 석유등의 불을 끄자 숙직실엔 어둠이 내려앉았다. 창가로 가서 커튼 사이로 밖을 살펴본 배완희가 동료들에게 말했다.

"누군지 모르지만 조심하는 게 좋겠어. 뒷문으로 한 명씩 나가. 공원으로 해서 말바위 쪽으로 빠져나가면 괜찮을 거야."

허리를 숙인 동료들이 한 명씩 뒷문으로 나가는 걸 확인한 배완희는 아까 보여 줬던 종이를 갈가리 찢어서 입에 넣고 삼켰다. 우물거리며 종이를 모두 삼킨 그가 오덕환의 손을 잡았다.

"조심해라."

"너도."

두 사람이 어둠 속으로 사라진 직후, 남도식과 순사보조원 박씨가 숙직실에 도착했다. 손전등을 켠 박씨가 숙직실 안을 살펴봤다.

"아무도 없습니다. 잘못된 정보 아닙니까?"

장갑을 벗은 남도식이 탁자에 놓인 석유등을 만져 보고는 고개를 저었다.

"석유등이 따뜻한 걸 보면 방금 전까지 누가 있었던 게 분명해."

"지금이라도 쫓을까요?"

박씨의 말에 남도식이 혀를 찼다.

"이 밤중에 어디서?"

"죄, 죄송합니다."

머리를 긁적거리면서 연신 죄송하다고 말하는 박씨를 슬쩍 노려본 남도식이 어둠을 바라보면서 중얼거렸다.

"누가 이기나 해 보자고, 그래도 내가 쓸 수 있는 카드가 더 많거든."

골똘히 생각에 잠겨 있던 남도식은 손전등으로 숙직실 안을 살펴보다가 바닥에 떨어진 종잇조각을 하나 집었다. 손전등으로 종이를 한참 비춰 보던 남도식이 뒤에서 귀신이 곡할 노릇이라고 투덜거리던 박씨를 돌아봤다. 놀란 박씨가 부동자세를 취하자 남도식이 물었다.

"감시대상 중에 경성제국대학 재학생이 있지?"

"네! 서촌에 살고 있는 배씨 성을 가진 자가 한 명 있습니다. 하지만 철저하게 감시 중이고 이상한 점을 발견하지는 못했습니다."

"이 종잇조각 말이야."

박씨의 손바닥에 자신이 발견한 종잇조각을 살며시 올려놓은 남도식이 말했다.

"경성제국대학에서 쓰는 거야. 그자에게 여동생이 있다고 했지?"

"한 명 있습니다. 완전 모걸이죠."

손전등을 끈 남도식이 중얼거렸다.

"모걸이라…."

우미관 앞에 도착한 이경숙이 무심코 중얼거렸다.

"영화 개봉일이 며칠 안 남았네."

그 얘기를 들은 남정옥이 고개를 들어 간판을 바라봤다.

"그러게. 엊그제 같았는데 벌써 코앞이네."

"그나저나 오늘은 누굴 만나는 거야?"

남정옥의 물음에 배복순이 어깨를 으쓱거렸다.

"오빠가 우미관 앞에 있으면 누가 온다고 했어."

"이번이 몇 번째지?"

안귀례의 물음에 배복순이 고개를 저었다.

"몰라. 끝나고 맛있는 거 사 먹으라고 돈 줬으니까 그걸로 모나카 사 먹으러 가자."

"아직 얼음도 다 안 녹았는데 무슨 모나카야. 호떡 사 먹자."

이경숙의 말에 배복순이 짜증을 냈다.

"호떡은 기름 다 튀고 느끼해서 싫단 말이야."

"그런 거 먹기에는 너무 부자라서 그런 건 아니고?"

모던걸들은 친하게 지내기는 했지만 가정형편이나 환경이 달랐기 때문에 종종 갈등이 벌어지곤 했다. 두 사람의 목소리가 높아지자 남정옥이 끼어들었다.

"모나카 사 먹고 그다음에 호떡 먹으러 가자. 됐지?"

둘이 서로를 노려보면서 마지못해 알겠다고 하는데 누군가 아는 척을 했다.

"경숙 언니!"

"세진아!"

두 사람이 서로를 알아보고는 반가워했다. 뽀얀 얼굴에 단정하게 자른 머리는 전형적인 여학생의 모습이었다. 그녀와 한참 떠들던 이경숙은 다른 모던걸들에게 오세진을 소개했다.

"내 후배 오세진이야. 근화여상에 다니고 있어."

"안녕하세요. 오세진입니다."

서로 인사를 나눈 뒤, 오세진이 이경숙에게 물었다.

"언니는 여기 어쩐 일이에요?"

"어, 동무들이랑 놀러 왔어. 너는?"

"오빠 심부름 왔어요."

"심부름?"

듣고 있던 배복순의 물음에 오세진이 고개를 끄덕거렸다.

"네, 오빠가 여기서 책을 받아 오라고 했거든요."

"이거 말이야?"

배복순이 옆구리에 끼고 있던 두툼한 칸트의 철학책을 보여 주자 오세진이 고개를 끄덕거렸다.

"맞아요. 이 책이라고 했어요."

오세진이 반가워하면서 책을 건네받았다. 책이 생각보다 무거운지 한 손으로 받았다가 바닥에 떨어뜨렸는데 양쪽으로 펼쳐지면서 책 사이에 있던 쪽지 같은 것들이 몇 개 떨어졌다. 오세진이 책을 집어서 흙을 터는 사이, 배복순과 이경숙이 쪽지들을 집어서 책 사이에 끼워 넣었다. 연신 죄송하다는 말을 하던 오세진이 이경숙에게 말을 건넸다. 그런 와중에 배복순과 이경숙은 하나씩 집은 쪽지를 건네주지 못하고 각자 챙겼다.

"요즘도 영화 보러 다녀요? 언니."

"그럼, 저 영화도 곧 볼 거야."

그녀가 그레타 가르보가 그려진 영화 간판을 올려다보면서 말하자 오세진이 대답했다.

"저도 요즘 영화 좋아해요."

"그래? 그럼 나중에 같이 보자."

"영화잡지 같은 거 있으면 빌려줄 수 있어요?"

"키네마* 옛날 것도 괜찮아?"

"네! 보고 싶은데 아버지가 알면 난리가 나서요."

"다음 주에 명치좌에 일본 영화 보러 갈 건데 그때 오면 잡지 빌려줄게."

"고마워요. 언니."

건네받은 책을 옆구리에 낀 오세진이 떠나자 모던걸들은 근우회 사무실로 향했다. 지난주에 치른 정구 대회 우승 상금을 받기 위해서였다. 남정옥이 한턱 쏘겠다고 하자 다들 따라가기로 한 것이다. 전차에 탄 배복순은 아까 책 사이에 끼워져 있던 쪽지를 펼쳤다. 거기에 적힌 내용을 본 배복순의 얼굴이 굳어지자 옆자리에 앉은 남정옥이 물었다.

"연애편지야?"

"아, 아니, 아무것도 아니야."

배복순이 황급히 쪽지를 접어서 가방 안에 넣는 것을 본 남정옥이 눈살을 찌푸렸다.

사무실에서 신문을 읽고 있던 박정자는 모던걸들이 우르르 몰려오자 신문을 접었다.

"상금 받으러 왔어요!"

* 1927년 2월에 창간된 영화잡지.

남정옥이 호기롭게 말하자 박정자는 책상 서랍에서 봉투를 꺼냈다.

"원래 상금에 기부금을 조금 보탰어. 앞으로도 열심히 운동하길 바란다."

"고맙습니다."

봉투를 챙긴 남정옥이 친구들과 함께 일어나려고 하자 박정자가 말을 건넸다.

"잠깐만 물어볼 게 좀 있는데."

"뭔데요?"

"복순이 오빠가 경성제대 다니지?"

갑작스러운 물음에 배복순은 잠시 당황했다가 고개를 끄덕거렸다.

"어떻게 아셨어요?"

"광주 학생운동 진상보고회에서 만난 적이 있거든. 여동생 얘기를 들었는데 긴가민가해서 말이야."

"아! 오빠가 그런 쪽에 관심이 많긴 해요. 아버지는 그냥 공부해서 졸업만 하라고 하지만요."

"요즘 세상은 공부만 하기는 적당하지 않지."

"왜요? 학생은 공부를 하는 게 우선이잖아요."

배복순의 물음에 박정자가 희미하게 웃었다.

"복순이는 학교에서 뭘 배우니?"

"국어랑 수학이랑, 영어 같은 거요."

"그렇게 힘들게 공부해서 배운 게 밖에 나와서 아무짝에도 쓸모가 없다면 어떡하지?"

"그게 왜 쓸모가 없어져요?"

배복순의 반문에 박정자가 읽고 있던 신문을 보여 줬다.

"조선인이라는 이유로 취직도 못하고, 기껏 취직해 봤자 일본인이 받는 봉급의 절반밖에 못 받으니까, 조선인이기 때문에 아무리 똑똑해도 높은 자리에 올라가지 못하고, 의심받고 손가락질을 받으니까."

배복순은 박정자가 건네준 신문에서 울분에 찬 사설을 봤다. 제목은 '조선 사람이라 죄송합니다'였고, 박정자가 말한 대로 차별받는 조선인들에 대한 내용이었다. 분위기가 무거워지자 박정자가 살포시 웃으면서 물었다.

"너희에게는 너무 어려운 얘기긴 하지. 오빠가 요즘 뭐하고 있는지 궁금해서 물어본 거야."

"요즘 거의 학교에 있어요. 가끔 집에 오긴 하는데 방에 틀어박혀서 공부만 해요."

배복순의 대답이 끝나자마자 이경숙이 끼어들었다.

"맨날 우리한테 심부름 시켜요."

"무슨 심부름?"

"그냥 책이나 상자 같은 걸 누구에게 주는 거요. 오늘도 우미관 앞에서 제 후배에게 책을 건네줬어요."

박정자의 얼굴에 묘한 안도감이 떠오르는 걸 본 남정옥은 의아한 표정을 지었다. 그 후 몇 가지를 더 물어본 박정자는 잘 가라는 말을 남기고 다시 신문을 집어 들었다.

근우회 사무실 밖으로 나온 모던걸들은 뿔뿔이 흩어졌다. 배복순과 이경숙이 서로 말을 하지 않아 미묘하게 분위기가 어색해지자 남정옥이 다음에 만나자고 얘기한 것이다. 하지만 이경숙은 살짝 들뜬 표정으로 배복순에게 말했다.

"뭔가 영화 속의 주인공이 된 거 같아서 두근두근해."

"너는 지금 재미있니?"

배복순이 어이없다는 표정으로 묻자 이경숙이 대답했다.

"현실이 암담하다고 해서 계속 모든 것을 암울하게 상상할 순 없잖아. 모든 순간이 내가 주인공이고, 비록 큰 줄거리는 내가 계획한 건 아니지만 내 대사는 내가 쓰고 있는 거라고."

"꼭 영화배우가 하는 대사 같아."

"멋있지? 나중에 영화배우가 되면 꼭 써먹을 거야."

꿈꾸는 것 같은 이경숙의 얘기를 들은 배복순이 손을 흔들었다.

"다음에 보자. 잘 들어가."

이경숙과 인사를 나눈 배복순은 집이 같은 방향인 남정옥과 걸었다. 한참 말없이 걷던 남정옥이 물었다.

"오빠가 무슨 심부름을 시키는 거야?"

"모르겠어."

"멀리 가는 것도 아니고, 경성 시내잖아."

"모른다니까."

배복순이 짜증 섞인 목소리로 대꾸하자 남정옥이 어깨를 잡았다.

"뭔지는 모르겠는데 만약 동무들을 위험하게 만드는 일이면 그만둬."

"오빠 부탁이잖아."

"그러니까, 모두에게 상처 줄 수 있어. 이런 일은."

남정옥은 배복순을 뚫어지게 바라보다가 한숨을 쉬었다.

"나는 종로도서관 들렀다 갈게. 잘 가."

남정옥이 떠나고 혼자가 된 배복순은 진고개로 향했다. 아까 본 쪽지에 적힌 내용 때문에 머리가 아프고 복잡했다. 그녀는 그럴 때마다 백화점에 들르고는 했다. 삼월오복점으로 갈까 하다가 신발을 벗어야 하는 것이 귀찮아서 장곡천정*에 있는 조지야백화점**으로 향했다. 조선 사람들이 정자옥이라고 부르는 이곳은 그나마 조선 사람들을 배려해서 신발을 벗지 않고 드나들 수 있도록 되어 있었기 때문이다.

* 지금의 서울 중구 소공동.

** 지금의 서울 롯데백화점 본점 영플라자 자리에 있던 백화점.

친구들과 헤어져서 장곡천정의 조지야백화점으로 향하던 배복순은 화신상회*를 지날 즈음부터 누군가 뒤따라오고 있다는 느낌을 받았다. 가끔 남학생들이 쫓아와서 히야카시를 놓고 간 적이 있어서 남들보다 예민해진 탓에 눈치챌 수 있었다. 처음에는 대수롭지 않게 생각한 배복순은 계속 길을 걸었지만 차츰 불안해졌다. 아까 박정자와 남정옥에게 들었던 얘기 탓인지 가슴이 두근거렸다. 무엇보다 가방 안에 문제의 쪽지가 들어 있었다. 이걸 들키기라도 하는 날에는 오빠가 위험해진다는 생각이 들었던 것이다. 입술을 질끈 깨문 배복순은 곧장 조지야백화점 안으로 들어갔다. 일본인이 세운 조지야백화점은 처음에 양복점으로 시작해서 그런지 양복과 옷감을 특히 많이 팔았다. 현관에는 세비로 양복**과 소매 대신 망토가 달린 남성용 외투인 인버네스, 비가 올 때 입는 외투인 레인코트 등을 할인한다는 입간판이 서 있었다. 남성용 양복을 파는 1층을 지나 옷감과 화장품을 파는 2층으로 곧장 올라갔다. 옆으로 돌아가는 계단을 지나면서 슬쩍 아래를 내려다보자 중절모에 회색 양복 차림의 남자가 성큼성큼 올라오는 게 보였다. 히야카시를 하려는 남학생이 아니라 30대 정도 되는 남자였기 때문에 배복순의

* 지금의 서울 종로에 있던 백화점. 1931년 이전에는 화신상회라고 불렸다.

** 영국 런던 세빌로 거리에 있는 양복점에서 파는 양복. 일본식 발음으로 세비로라고 하는데 고급 양복의 대명사였다.

불안감은 더 커졌다. 2층에는 주로 혼수로 쓸 옷감을 구하려는 여성들이 보였다. 이곳에는 남자가 혼자 올 일이 없었기 때문에 배복순의 의심은 확신으로 굳어졌다. 중간에 쪽지를 꺼내서 찢어 버릴까 했지만 미행자에게 들키거나 쪽지를 가져가기라도 하면 문제가 될 게 뻔했다. 이리저리 걷다가 화장품을 파는 곳에 도착한 배복순은 세일러복 차림에 트레머리*를 한 여학생과 치마저고리 차림의 중년 여성과 마주쳤다. 모녀로 보이는 두 사람 곁을 스쳐 지나가는데 두 사람이 주고받는 얘기가 들렸다. 딸은 화장품을 보고 얼굴에 바르는 구리무라고 했고, 어머니는 향수가 분명하다고 목소리를 높이는 중이었다. 화장품을 파는 일본인 점원은 팔짱을 낀 채 지켜보고 있었다. 배복순이 걸음을 멈추자 모녀는 마치 구원자를 만난 것 같은 눈길을 던졌다. 배복순은 화장품 병을 들고 라벨을 읽는 척하면서 미행자를 살폈다. 어느 정도 거리를 두고 쫓아오던 미행자가 기둥 뒤에 숨었다. 배복순은 모녀에게 말했다.

"이건 불란서제 레도구리무예요."

"얼굴에 바르는 거 맞죠?"

여학생이 반색을 하면서 묻자 배복순은 고개를 끄덕거렸다. 동시에 빠져나갈 수 있는 좋은 방법이 생각났다. 화장품을 진열장 위에 세게 내려놓은 배복순이 좀 떨어진 곳에 서 있던 점원을 바라

* 1920년대 유행하던 신여성들의 머리 스타일.

봤다. 점원은 배복순이 화장품을 세게 내려놓자 얼굴이 굳어졌다. 그걸 보자마자 배복순은 앙칼진 목소리로 떠들었다.

"아니! 손님이 와서 물건을 보면 알려 줘야지. 구경꾼처럼 지켜보기만 하는 거야!"

배복순이 학교에서 배운 일본어로 유창하게 소리치자 점원은 깜짝 놀란 표정을 지었다. 앞으로 다가온 점원이 굽실거렸다.

"죄송합니다. 제가 조선어에 익숙하지 않아서 일단 지켜봤습니다."

"지금 조선 사람이라고 무시한 거지? 귀찮으니까 얼른 가라는 표정이었어!"

배복순이 계속 목소리를 높이자 놀란 모녀는 화장품을 두고 황급히 자리를 떴다. 슬슬 구경꾼들이 몰려들었다. 웅성거리는 사람들 사이로 미행자의 모습을 확인한 배복순은 한술 더 뜨기로 했다. 어쩔 줄 몰라 하는 점원에게 다가가 머리채를 움켜잡았다. 점원의 외마디 비명소리가 클래식이 흐르는 백화점 2층에 울려 퍼졌다. 머리채를 양손으로 움켜쥔 배복순이 미친 사람처럼 외쳐 댔다.

"내가 누군지 알아! 감히 나를 무시해!"

배복순이 소리를 지르면서 난동을 부리자 곧 일본인 남자 직원들이 달려와서 두 사람을 떼어 놨다. 그리고 아직도 씩씩거리는 배복순을 데리고 사무실로 갔다. 분에 참지 못하는 표정을 짓던 배복순은 미행자가 사라진 것을 확인하고는 안도의 한숨을 쉬었다.

감시자들

1930년 2월, 경성

남도식은 지켜보던 배복순이 난동을 부리는 것을 보고는 자리를 떴다. 백화점 사무실로 가서 신분증을 보여 주고 배복순을 취조할까 생각해 봤지만 괜히 정체만 드러날 것 같았다. 하지만 배복순이 갑자기 돌변하는 모습을 보면서 남도식은 뭔가 있다고 확신을 했다. 백화점 밖으로 나온 남도식은 길가에서 담배를 피우면서 기다리고 있던 순사보조원 박씨에게 다가갔다. 담배꽁초를 내던진 박씨가 굽실거렸다.

"어찌 되었습니까?"

"여학생이 갑자기 난동을 피워서 자리를 떴어."

"조선 사람이 일본 백화점에 와서 행패라니, 요즘 모걸들은 눈에 뵈는 게 없나 봅니다."

"돌아가는 걸 보면 뭔가 있는 게 분명해. 내가 점찍은 자들을 감시하는 인력을 늘려."

"그건 나카무라 서장님 허락을…."

남도식은 박씨의 말이 채 끝나기도 전에 정강이를 걷어찼다. 짧게 비명을 지른 박씨에게 남도식이 말했다.

"내가 전권을 위임받았다는 걸 모르나? 잔말 말고 시키는 대로 해!"

"하이! 죄송합니다. 정말 죄송합니다."

연신 고개를 숙이며 사과를 한 박씨가 황급히 종로경찰서 방향으로 뛰어갔다. 혼자 남은 남도식은 어디로 갈까 잠시 고민하다가 지나가는 인력거를 세웠다. 아직 추운 날씨였지만 인력거꾼은 더웠는지 웃통을 풀어헤치고 머리에 수건을 두르고 있었다.

"어디로 모실까요?"

"서촌으로 가세."

인력거꾼이 양손에 채를 잡고 몸을 일으킨 다음에 앞으로 달리기 시작했다. 의자 등받이에 몸을 파묻은 남도식은 생각에 잠겼다.

가난한 집에서 태어난 남도식에게 나라의 위기는 곧 기회가 되었다. 진흙탕에서 허우적거리던 남도식에게는 누군가 던져 준 동아줄 같은 기회처럼 보였다. 줄을 잡고 나아가다 보면 진흙탕에서 빠져나와 땅을 밟을 수 있을 것 같았다. 일본 순사를 위해서 일하고 난 뒤부터는 더 이상 멋대로 구는 양반들에게 머리를 조아리지 않아도 되었다는 것이 너무나 기뻤다. 어떻게 하면 일본에 신임을 얻을 수 있을까 고민할 무렵, 평소 남도식과 사이가 좋지 않던 양반의 아들이 만세운동을 준비하는 것을 알고 그 무리들을 잡았다. 아는 사이라면서 접근해 살갑게 대하자 별 경계심 없이 다 털어놨던 것이다. 그 후부터 남도식은 학생들의 만세운동을 분쇄하는 전문가가 되었다. 그가 일본에 신임을 얻기 위해서는 조선인 학생들이 소동을 부려야만 했고, 규모가 클수록 좋았다. 그래서 일부러 일이 커지기를 기다렸다가 거사 직전에 학생들을 잡아들이는 방식을 썼다. 이제까지 조선인 학생들은 대부분 비슷하게 일을 꾸몄고, 거의 같은 방식으로 남도식에게 잡혔다. 하지만 이번 일은 고등보통학교 학생들이 아니라 경성제대 학생이 주축이 되어서 그런지 좀 달랐다. 비밀 유지도 잘된 편이고, 주동자들이 아직 명확하게 밝혀지지도 않았다. 다만 중앙고보 숙직실에서 발견한 종잇조각이 경성제대에서 사용하는 것이라서 그나마 배복순의 오빠를 지목할 수 있었다. 하지만 그는 학교와 집만 오갔고, 누군가를 만나지도 않았다. 고민하던 남도식은 배복순에게 주목했다. 껄렁한 모던걸이라 극장과 제과점을 뻔질나게 드나들었고, 사람들도 많이 만났지만 지금껏 아무도 의심하지 않았다. 그래서 오늘 따로 미행에 나서 봤지만 결과적으로 실패하고 말았다. 이제 남은 건 주변을 더 직접적이고 강하게 찔러 보는 것뿐이었다.

이런저런 생각을 하는 사이, 인력거가 서촌 초입에 도착했다. 더 타고 갈까 했지만 인력거꾼의 헐떡거리는 숨소리를 듣고는 멈춰 달라고 했다. 요금을 치른 남도식은 서촌을 걸어서 배복순의 집으로 향했다. 커다란 철제 대문 너머로 2층집이 보였다. 초인종을 누르자 잠시 후 문이 살짝 열리고 등이 굽은 노인의 얼굴이 보였다.

"뉘십니까?"

남도식은 대답 대신 신분증을 보여 줬다.

"여기 집주인 있지?"

"대, 대감마님 말씀이십니까?"

신분증을 보고 겁에 질린 표정을 한 노인의 물음에 남도식은 한 손으로 대문을 밀치면서 대답했다.

"나라가 없어진 지 언젠데 대감마님이야? 종로경찰서 특별수사관이 찾아왔다고 전해."

노인이 황급히 현관으로 들어가는 걸 본 남도식은 대문에 서서 정원을 살펴봤다. 그때 현관을 나온 노인이 말했다.

"올라오십시오, 나리."

현관으로 들어선 남도식은 노인의 안내에 따라 안방으로 향했다. 겉은 서양식이고 안에 벽난로 같은 것들이 있었지만 정작 안방은 옛날 사랑방 같은 모습이었다. 황금색 보료 위에 앉아서 신문을 보고 있던 주인이 들어서는 남도식을 올려다봤다.

"종로경찰서에서 오셨다고?"

"그렇습니다."

"거기서 나한테 볼일이 있던가?"

은근히 깔보는 말투에 다소 기분이 상한 남도식은 빈 방석에 앉으면서 말했다.

"아드님 때문입니다. 지금 경성제대를 다니고 있죠?"

그러자 주인은 신문을 접었다.

"법과 이 학년이요. 내 아들이 왜?"

"불온한 자들과 어울린다는 첩보를 입수했습니다."

"설마? 내 아들은 내가 잘 아는데, 그럴 애가 아니요."

손사래를 치는 주인의 손끝이 떨리는 걸 본 남도식이 더 나아갔다.

"작년 가을에 광주에서 학생들의 폭동이 있었고, 거기에 호응한 경성의 학생들이 겨울에 대규모로 난동을 벌였다가 주동자 수십 명이 체포되어 감옥에 갔고, 수백 명이 퇴학, 수천 명이 정학 처분을 받았습니다."

"신문에서 봤소. 학생이면 학생답게 공부나 할 것이지."

혀를 차는 주인에게 남도식이 말했다.

"그렇습니다. 부모들이 뼈 빠지게 일해서 학비를 보태 주는데 이상한 사상이나 유언비어에 휩쓸려서 소동을 벌이는 건 옳지 않은 일입니다. 그래서 우리 종로경찰서도 그 문제에 관심을 기울이고 있죠."

"내 아들이 그쪽 일에 가담했다 이 말이오?"

남도식은 주인의 애를 태우기 위해 일부러 뜸을 들였다가 고개를 끄덕거렸다. 혀를 찬 주인은 서안을 내리쳤다.

"내 아들은 공부밖에 모르는 아이요. 그러니 애꿎은 내 아들 말고 진짜 불령선인*들이나 잡아들이시구려."

"보통 그렇게 말하는 부모들이 많지요. 자기 아들은 자기가 잘 안다. 우리 아들이 그런 일에 빠졌을 리 없다고 말이죠. 하지만 그런 부모들 중 상당수는 나중에 경찰서에 와서 무릎을 꿇고 손이 발이 되도록 빕니다."

남도식이 소름끼치는 표정을 짓자 주인은 불편함이 가득한 헛기침으로 응수했다.

"우리 집안이 어떤지 아시오? 아산에서 알아주는 집안이외다. 이조 시대에 정승과 판서를 수두룩하게 배출했고, 지금도 아산에 논밭이 제법 있소. 그뿐인 줄 아시오? 내 아들이 경성제대를 졸업해서 법관이 되면 조선 땅에서 우리에게 큰소리 칠 사람은 없소이다."

"물론이지요. 하지만 그렇게 되기 위해서는 조심, 또 조심해야 하지 않겠습니까?"

그의 집안이 자랑하는 족보가 가짜라는 걸 이미 조사해서 알고 있던 남도식이 한껏 비꼬는 말투로 대꾸했다. 그러자 주인이 살짝

* '불온하고 불량한 조선 사람'이라는 뜻. 일제가 자기네 말을 따르지 않는 조선 사람을 가리키던 말.

돌아앉으면서 말했다.

"양반이 큰일을 당하는 법은 없소. 설사 아들이 나쁜 일을 했다손 치더라도 내 재산과 인맥이면 문제없이 꺼내 줄 수 있고 말이야."

남도식은 한껏 허세를 부리는 그의 말투에서 불안감을 느꼈다. 그가 기울어져 가는 나라의 양반이 되기 위해서 큰돈을 쓸 때, 남도식은 일본에 모든 것을 걸고 일했다. 남도식은 자신의 위치가 세상물정 모르고 허세 가득한 양반보다 낫다고 생각하면서 고개를 끄덕거렸다.

"그러시겠지요. 저도 걱정이 되어서 찾아온 겁니다. 그럼 실례하겠습니다."

주인은 나가는 남도식을 힐끔 보고는 딴청을 피웠다. 남도식이 복도를 나와 현관에서 신발을 신고 있는데 기다리고 있던 노인이 굽실거리면서 말했다.

"종로경찰서에서 나오신 게 맞습니까? 나리."

어느 정도 예상하긴 했지만 주인의 홀대에 다소 짜증이 났던 남도식이 퉁명스럽게 대꾸했다.

"아까 내 신분증을 봤잖아."

"그래서 말인뎁쇼."

노인이 안쪽을 살피면서 눈치를 보자 남도식은 얼른 뜻을 알아차렸다.

"나한테 할 말이 있나?"

"아들놈이 사고를 쳤습니다. 동무랑 동업으로 장사를 하다가 말아먹었는데…."

말끝을 잇지 못하는 노인의 모습을 본 남도식은 좋은 생각을 떠올렸다.

"잠깐 나가서 얘기하세."

"아이고, 감사합니다. 감사합니다."

레코드점에 있던 유성기*에서 윤심덕이 부른 〈사의 찬미〉**가 흘러나왔다. 그러자 왕수복과 이난영***을 놓고 누구 노래가 더 좋은지 입씨름을 벌이던 모던걸들이 일제히 눈을 동그랗게 떴다. 그리고 말없이 음악을 감상하던 안귀례가 안경을 끌어올리면서 말했다.

"이게 바로 죽은 제갈량이 살아 있는 사마의를 이긴 꼴이네."

"야! 신춘문예 그렇게 썼다가는 탈락이야."

하윤숙이 목소리를 높이자 안귀례가 지지 않고 응수했다.

"어차피 넌 내년에 죽을 거라서 상관없잖아."

두 사람이 입씨름을 벌이는 사이, 〈사의 찬미〉 레코드를 찾아 낸

* 원통형 또는 원판형 레코드의 소리를 재생하는 장치. 축음기라고도 한다.

** 윤심덕은 우리나라 최초의 여성 성악가. 〈사의 찬미〉는 1926년 윤심덕이 부른 번안가요.

*** 당시 인기 있던 조선 여가수들.

남정옥이 배복순에게 물었다.

"그런데 정말 오빠가 우리를 보겠대?"

"맞아, 오늘 창경원 대온실* 같이 구경하고 돈가스 먹자고 했어."

배복순은 갑작스럽게 친구들과 만나고 싶다는 오빠가 의아했지만 그동안 일을 잘해 줘서 한턱내겠다는 얘기를 듣고는 이해했다. 그런데 친구들을 약속 두 시간 전에 만난 탓에 근처 레코드점에서 음악을 감상하다가 가기로 한 것이다. 손목시계를 힐끔 본 배복순이 친구들에게 말했다.

"시간 다 됐어, 가자!"

허둥지둥 레코드점을 나온 모던걸들은 창경원으로 향했다. 창경원은 사람들로 북적거렸다. 남산에 있는 공원은 멀기도 하거니와 일본인들이 주로 드나들었기 때문에 조선인들이 마음 놓고 갈 만한 공원은 경성 시내에서 창경원이 유일했다. 모던걸들이 도착했을 때에도 창경원은 사람들로 가득했다. 친구들이 그 광경을 보고 입을 다물지 못하자 그곳에 여러 번 와 봤던 이경숙이 안타까운 표정을 지었다.

"나는 여러 번 왔는데, 진즉에 여기 오자고 할 걸 그랬어."

하윤숙은 창경원 주변을 둘러보며 이곳이 자살하기에 좋은 장소인지 고민했다.

* 일제가 창경궁을 창경원으로 만들면서 설치한 유리온실로 아직도 남아 있다.

"얘들아! 만약에 삶의 최후가 다가오면 창경원이 마지막으로 보는 최후의 장소로 좋을까?"

"이곳에서 자살하려고?"

이경숙의 물음에 그녀가 고개를 끄덕거렸다.

"이곳을 봐. 너무나도 비극적인 모습이잖아. 자살하기에 적당한 곳인 거 같아."

모던걸들은 하윤숙에게 삶의 최후를 맞이하기에는 아직 어리다고 한 마디씩 했다. 그 와중에 배복순은 오빠가 어디에서 오는지 주위를 둘러보았다. 그런 그녀에게 남정옥이 물었다.

"어디서 만나기로 했어?"

"창경원 대온실에서."

몇 번 와 본 이경숙이 춘당지라는 연못 앞에 유리로 만든 커다란 건물을 가리켰다.

"저쪽이야."

그곳으로 향한 모던걸들은 까치발로 두리번거리며 배복순의 오빠를 찾았다.

"저기 오빠다."

배복순이 먼저 오빠를 발견했다. 늘 입고 다니는 경성제대 교표가 붙은 모자와 인버네스 차림이 아니라 고등보통학교 때 입었던 교복이라서 좀 어색하긴 했지만 배복순은 이쪽이라며 열심히 손을 흔들었다. 배복순을 발견한 오빠가 환하게 웃으며 다가오자 모던걸들은 입을 가리고 웃으면서 정신을 못 차렸다. 하지만 배복순은 이쪽으로 걸어오던 오빠의 표정이 굳어지는 걸 봤다. 몸을 틀어 달리던 오빠는 구경꾼들 사이에서 튀어나온 남자들에게 붙잡혀서 바닥에 넘어졌다. 모던걸들의 수줍은 웃음소리는 비명소리로 변했다. 남도식은 비명을 지르는 배복순을 보고 씩 웃으면서 배완희의 손목을 포승으로 묶었다. 그 집 정원사로 일하는 노인이 건네준 정보로 뜻밖의 성과를 올린 것이다.

밤늦게 들어온 아버지의 긴 한숨 소리에 배복순은 낙담하고 말았다. 쿵쿵거리며 안방으로 들어간 아버지가 따라온 어머니에게 투덜거리는 소리가 들렸다.

"양반만 되면 남 눈치 안 보고 살 줄 알았더니, 하나밖에 없는 아들놈이 저렇게 됐는데 아무것도 못 할 줄이야. 세상이 어떻게 되고 있는 건지. 원."

"방법이 없답니까?"

"보이지 않아. 아는 사람을 죄다 찾아다니고 애원을 했는데 시국사건이라고 어렵다고만 하니."

오빠를 빼내기 위해 매일 경찰서에 가고, 여러 지인을 찾아다녔지만 아무 성과도 없자 낙담한 것 같았다. 며칠 전에 조지야백화점에서 난동을 부린 배복순을 데리고 나오듯 쉽게 해결할 수 없다는 사실에 낙담한 것이다. 안방에 있는 아버지의 한탄이 이어졌다.

"남에게 자랑하고 싶은 마음도 컸고, 큰소리를 내고 싶어서 큰돈을 들여 양반을 샀지. 남들이 가짜 양반이라고 뒤에서 말해도 앞에서는 누구도 내 가족을 괄시하지 못한다는 것이 큰 자부심이었어. 그런데 근래 며칠간 경찰서에 드나들다 보니 큰돈을 들여서 산 양반이 예전과는 다르더군."

아버지의 말은 바깥에서 들려오는 정원사 노인의 비명소리에 멈추고 말았다. 여기가 어딘지 아느냐는 노인의 호통은 비명소리로 끝나고 말았다. 현관문이 벌컥 열리고 검정색 제복을 입은 순사들이 우르르 몰려왔다. 안방에서 황급히 나온 아버지가 입을 다물지 못하는 사이, 순사들을 제치고 남도식이 모습을 드러냈다.

"오랜만입니다. 양반 나리."

비아냥거리는 듯한 그의 말투에 아버지는 황급히 나가서 두 손을 꼭 잡았다.

"내가 그때는 미처 상황을 몰랐소. 부디 내 아들을 꼭 좀 풀어주시오."

"제가 그랬죠? 큰소리치는 사람 중에 마지막까지 목을 뻣뻣하게 하는 사람은 없다고 말입니다."

"진짜, 내가 뭘 몰랐소."

아버지의 손을 뿌리친 남도식이 순사들에게 외쳤다.

"집 안을 샅샅이 뒤져서 증거들을 찾아내라!"

순사들이 흩어져서 부엌부터 화장실까지 뒤지면서 집 안을 발칵 뒤집었다. 오빠 방은 물론이고 배복순의 방까지 와서 서랍과 책상을 뒤졌다.

"아이고, 이게 무슨 일이래요."

어머니는 순사들이 온 집 안을 헤집는 모습을 보고는 보통 심각한 일이 아니라는 것을 깨달았는지 그대로 누워 버리고 말았다. 불행 중 다행으로 쑥대밭이 된 집 안에서 오빠에게 불리한 증거는 나오지 않았다. 지난번 오세진에게 건네준 책에서 나온 쪽지는 배복순이 진즉에 아궁이에 넣어서 태워 버렸다. 다음 날부터 아버지는 조선인 변호사들을 만나러 다녔다. 그러는 동안 배복순은 죄책감과 미안함에 학교에 나가지 않고 어머니를 돌봤다.

배복순이 오랫동안 학교에 나오지 않고, 진고개에도 나타나지 않자 모던걸들이 집으로 찾아갔다. 안귀례는 사촌오빠도 잡혀갔다고 털어놨다.

"일에 가담한 남학생들은 물론이고, 같이 있던 어른들도 잡혀갔어."

상황이 생각보다 심각하다고 느낀 배복순이 안귀례를 바라봤다.

"귀례야. 예전에 네 아버지도 경찰서에 간 적이 있다고 하지 않았어?"

"몇 년 전에 가셨어. 좀 다치시긴 했지만 지금은 건강하셔."

대답을 한 안귀례가 조심스럽게 배복순에게 물었다.

"오빠가 주동자라고 했지?"

"응."

남정옥이 걱정 가득한 배복순을 위로했다.

"경찰서에 간다고 무조건 못 나오는 것도 아니니까 오빠도 분명 나올 거야."

그 얘기를 들은 안귀례는 예전에 아버지가 일본 순사에게 끌려 갔다가 피범벅이 되어서 돌아온 것을 떠올렸다. 돌아온 아버지는 누구보다 더한 친일파가 되었다. 서로 위로하는 모던걸들을 보면서 안귀례는 무사히 집으로 돌아오는 것이 정말로 잘된 일인지 잘 모르겠다는 말을 차마 할 수 없었다. 모던걸들이 배복순의 방에서 얘기를 나누는 사이, 배복순의 어머니가 다과를 들고 방으로 들어왔다. 의연하려고 노력했지만 마음고생으로 초췌해진 모습까지는 숨기지 못했다. 평소에는 정돈되고 윤기 나던 머릿결이 푸석해 보였다. 남정옥이 위로의 말을 건네자 어머니가 쟁반을 내려놓으며 물었다.

"창경원에서 끌려가는 걸 너희 모두 봤다며?"

"네. 오빠가 구경시켜 준다고 해서 모여 있다가 봤어요."

"놀랐겠구나. 너희까지 같이 잡혀가지 않아서 다행이다. 이번에 일에 관련되지 않은 사람들도 많이 잡혀갔다던데 다행히 너희는 여학생들이라 무사했나 보다."

모던걸들은 차마 그날 보았던 것을 자세히 말하지 못했다. 초췌해진 배복순의 어머니에게 아들이 무자비하게 구타를 당하고 피를 흘리며 끌려갔다는 말을 할 수가 없었던 것이다.

"귀례 아버지도 경찰서에 간 적이 있는데 무사히 나오셨대요."

배복순이 어머니를 위로했다. 그러자 어머니는 딸의 얼굴을 어루만지며 '그렇지'라고 중얼거렸다.

배복순은 오랜만에 모던걸들을 따라서 집 밖으로 나왔다. 나가기 싫었지만 집 안에 있으면 더 처진다는 남정옥의 얘기에 어머니가 바람이라도 쐬고 오라고 해서 나선 것이다. 정원을 돌보던 노인이 일본 순사에게 얻어맞고 쓰러진 후 아무도 돌보지 못한 정원 역시 엉망이었다. 아버지는 그 와중에 일본 순사를 막은 노인에게 고맙다고 했지만 그는 죄송하다는 말만 했다. 거리는 특별히 달라져 보이지 않았지만 분위기는 가라앉은 것처럼 보였다. 배복순이 주변을 두리번거리자 남정옥이 말했다.

"며칠 전부터 분위기가 살벌해졌어. 순사는 물론이고 헌병까지 거리에 깔렸거든."

"오빠 때문에?"

"신문에 엄청 크게 났어."

그렇게 얘기를 주고받는 사이에도 거리에서는 헌병들이 교복을 입은 조선인 남학생들을 불러 세워서 가방을 뒤졌다. 조금이라도 이상하다 싶으면 다짜고짜 끌고 갔다.

"우리 어디 갈까?"

남정옥의 말에 이경숙이 대답했다.

"오늘 예매했던 영화 개봉하는 날인데."

주저하던 이경숙의 말에 배복순이 고개를 저었다.

"오늘은 영화 보기 싫어."

"그래. 보지 말자."

배복순이 영화를 보기 싫다고 하자 모던걸들이 동의했다. 평소에 굶어서라도 돈을 모아서 영화표를 사던 이경숙도 오늘은 고집을 부리지 않았다. 길거리에 멈춰 서서 생각에 잠겨 있던 남정옥이 말했다.

"그럼 우리 근우회에 가 볼까?"

"거긴 왜?"

"지난번에 갔을 때 박정자 간사님이 복순이 오빠에 대해서 이것저것 물었잖아. 분명 뭔가 알고 계신 게 틀림없어."

남정옥의 말에 다들 동의했다. 어차피 극장 말고는 갈 곳도 딱히 마땅치 않았던 탓이다. 하지만 근우회 사무실 역시 분위기가 무거웠다. 다른 때 같으면 반갑게 인사를 받아 주던 회원들도 하나같이 어두운 표정으로 입을 다물고 있었다. 박정자는 모던걸들이 나타나자 안도하는 표정을 지었다.

"혹시 너희도 잡혀갔을까 봐 걱정했다."

"우리가 왜요?"

이경숙의 반문에 박정자가 한숨을 쉬었다.

"이번 사건의 관련자들은 학생이고 어른이고 할 거 없이 다 잡아갔거든, 근우회에서 항의성명을 발표하고, 신간회 쪽에서도 나섰지만 별 소용이 없었어."

"창경원에서 오빠가 잡혀가는 걸 눈앞에서 봤어요. 그럼 우리도 잡혀갈 뻔한 건가요?"

이경숙이 친구들을 돌아보면서 묻자 박정자가 대답했다.

"너희가 가담했으리라고는 생각하지 않은 것 같구나."

"우리가 모껄이라서요?"

하윤숙의 다소 날카로운 물음에 박정자는 쓴웃음을 지었다.

"그럴지도 모르겠구나. 아무튼 다행이다. 끌려간 사람들이 온갖 고초를 겪는다는구나."

박정자가 권한 자리에 앉은 남정옥이 가장 궁금해 하던 걸 물었다.

"그들이 어떻게 알게 된 거예요?"

"글쎄다. 생각지 못한 엉뚱한 곳에서 정보가 새어 나갔을 수도 있고, 여러 가지 복잡한 원인이 있을 거 같다. 이번에 새로 나타난 전문가의 실력이 뛰어나다는 소문이 사실인 거 같기도 해."

생각에 잠겨 있던 배복순이 말했다.

"분명히 누가 밀고했을 거예요. 정말 아무도 모르게 신중하게 움직였잖아요."

“너희를 통해서 격문을 전달해서 처음에는 괜찮았던 것 같아.”

박정자의 말에 배복순이 고개를 끄덕거렸다.

“오빠는 우리에게도 자세히 말하지 않았어요.”

“격문을 전달할 때도 일부러 먼 길을 돌아서 가기도 했어요.”

배복순도 미행을 당한다는 느낌이 들어서 일부러 백화점에서 소동을 벌인 적이 있었지만 차마 털어놓지는 못했다. 박정자가 한숨을 쉬면서 서류철을 들췄다.

“개학을 하면서 전국 각지에서 학생들이 시위를 벌일 준비를 하고 있어. 하지만 일본 순사들이 눈에 불을 켜고 감시해서 시작하기 전에 잡혀가고 말았지. 복순이 오빠처럼 말이야.”

“그럼 앞으로도 계속 잡혀간다는 말씀이세요?”

배복순의 물음에 서류철을 닫은 박정자의 얼굴이 굳어졌다.

“점점 상황이 어려워지고 있어.”

“끌려간 사람 중에 풀려난 사람은 없나요?”

“풀려난 사람이 있기는 하지만 주동자들은 금방 나올 수 있을 거 같지 않구나. 설사 나온다고 해도 철저하게 감시를 당해서 쉽게 움직이지 못할 거야.”

“아주 위험한 일이네요.”

“단순히 그냥 위험한 일은 아니야. 조선을 지키기 위해서 꼭 해야만 하는 일이지.”

박정자의 말에 배복순은 며칠 동안 겪은 일을 떠올리면서 물었다.

"그게 가족을 걱정스럽게 만들면서까지 해야 하는 건가요?"

배복순의 물음에 박정자는 굳은 표정으로 그녀와 모던걸들을 바라봤다.

"일본은 조선의 자원과 사람을 수탈해 가고 조선인들을 차별하고 있어. 너희는 아직도 모르고 있구나. 그동안 내가 너희에게 했던 말들이 무의미하게 느껴진다. 오늘은 너희에게 설명할 기력이 없구나."

박정자는 사무실에서 모던걸들을 쫓아내듯이 내보냈다.

밖으로 나온 모던걸들은 너 나 할 것 없이 한숨을 쉬었다. 근우회 계단에 걸터앉은 다섯 명은 팔을 턱에 괸 채 거리를 물끄러미 바라봤다. 그때 당꼬바지에 도리우치를 쓴 남도식이 앞에 나타났다. 배복순을 빼고 다들 어리둥절해 하는 가운데 남도식이 뜻밖에도 안귀례에게 아는 척을 했다.

"너, 귀례 맞지?"

"저를 아세요?"

"네 아버지를 알지. 안 도자 섭자 쓰는 분이지?"

"마, 맞아요."

"아버지한테 내가 곧 찾아뵙는다고 전해라. 내 이름은 남도식이다."

"그런데 저를 어떻게 아세요?"

"아버지가 네 사진을 보여 준 적이 있거든"

"누구세요?"

남도식이 안귀례의 물음에 대답하기 전에 배복순이 날카롭게 말했다.

"우리 오빠 잡아간 사람이잖아."

"저, 정말이네?"

놀란 남정옥이 벌떡 일어나면서 외치자 남도식이 피식 웃었다.

"나는 할 일을 했을 뿐이다. 그리고 너희를 해칠 의도도 없고 말이야."

"여긴 왜 왔어요?"

배복순이 퉁명스럽게 묻자 남도식이 근우회 건물을 올려다봤다.

"알아볼 게 있어서 온 거다. 너는 여기 왜 온 거냐?"

"알아서 뭐하게요."

배복순이 말하자마자 하윤숙이 평소답지 않게 말을 길게 했다.

"여기에서 주최하는 정구 대회에서 우승했거든요. 그래서 상금도 받고 커피도 얻어 마실 겸 해서 왔어요."

"그렇군. 세상이 어수선하니까 당분간은 바깥출입을 삼가거라. 계집애들은 밖에 나다니는 거 아니야."

도리우치에 살짝 손을 올린 남도식이 계단을 올라 근우회 건물 안으로 들어갔다. 문이 닫히자마자 안귀례가 두 손으로 얼굴을 감쌌다.

"어떡해. 나쁜 사람인데 날 알아보잖아."

"걱정 마. 우리가 지켜 줄게."

모던걸들은 벌벌 떠는 안귀례에게 위로의 말을 건넸다.

건물 현관 안에서 남도식은 모든걸들이 서로를 다독이는 모습을 물끄러미 지켜봤다. 배완희를 비롯해서 시위를 벌이려는 남학생들을 체포하고 난 후에 상황을 살피기 위해서 근우회와 여러 곳을 다니고 있는 중이었다. 남도식은 남학생들을 검거했지만 아직 끝나지 않았다고 생각했다. 그러던 중에 우연찮게 배복순의 친구들 사이에서 안귀례를 만난 것이다. 몇 년 전, 안귀례의 아버지를 구치소에서 고문하고 회유한 사람이 바로 남도식이었다. 그때 남도식은 안귀례를 들먹거리면서 아버지를 협박했다. 그 후, 풀려난 안귀례의 아버지는 충성스러운 친일파로 거듭났다.

"인연이 이렇게 이어진단 말이지."

남도식은 창밖으로 모던걸들의 뒷모습을 보면서 중얼거렸다. 최근 만세시위를 준비하다가 잡힌 주동자 중 한 명의 여동생과 안귀례가 친구라는 사실이 몹시 흥미로웠기 때문이다. 이것이 나중에 큰 도움이 될지 모르지만, 항상 작은 틈에서 문제 해결의 실마리가 나왔다. 언젠가 도움이 될지도 모를 일이었다. 히죽 웃은 남도식은 몸을 돌려 근우회 사무실로 향했다.

봄이 찾아오고

1930년 2월, 경성

배복순의 아버지는 구치소에 면회를 가서 아들이 그나마 무사히 있다는 것을 확인한 다음부터는 조급함을 벗어 버렸다. 오빠는 어떻게 지내느냐는 배복순의 물음에 아버지는 잘 있다는 말밖에는 하지 않았다. 같이 체포되었던 몇몇 남학생들과 어른들이 집으로 돌아왔다는 소식이 들려오고, 한시름을 놓은 배복순의 집은 점점 예전의 모습을 찾아갔다. 다른 사람도 나왔으니 이제 곧 오빠도 나올 거라는 희망이 생긴 것이다. 무엇보다 배복순은 오빠가 모든 것을 이겨 내고 다시 집으로 돌아올 거라고 굳게 믿었다. 희망을 품게 된 배복순은 오랜만에 외출을 했다. 이경숙이 명치좌에서 영화를 보고 나오는 시간에 맞춰서 모던걸들과 만나기로 한 것이다.

조선시대 명례방 혹은 명례동*이라고 부르던 곳은 이제 일본인들이 메이지마치라고 부르는 곳이 되었다. 조선 사람들이 명치정이라고 부르는 그곳에는 얼마 전에 지어진 최신식 극장인 명치좌가 있었다. 조선인들이 주로 가는 우미관이나 단성사와는 비교가 안 될 정도로 화려한 명치좌에서는 주로 일본 영화를 상영했다. 그래서 조선인들은 잘 가지 않았지만 가끔 모던걸이나 모던보이 들이 드나들었다. 이경숙은 할리우드 영화를 좋아했고, 일본 영화를 그다지 좋아하지는 않았다. 하지만 주삼손이라는 조선 이름을 가진 일본인 배우 오사와 야와라를 좋아해서 그가 출연한 영화는 빼놓지 않고 봤다. 이번에도 그가 주연으로 나온 영화가 명치좌에서 상영했기 때문에 발걸음을 한 것이다. 극장 앞에는 기모노를 입고 게다를 신은 일본인들로 가득했다. 다들 교복 차림이었지만 주눅이 든 모던걸들은 조심스럽게 극장 앞에 서 있었다. 남정옥이 친구들에게 말했다.

"어깨들 펴! 우리가 무슨 죄인이야?"

그 얘기를 들은 모던걸들은 억지로 표정과 어깨를 폈다. 하지만 주변의 일본인들은 조선어가 들리자 대놓고 눈살을 찌푸렸다. 잠시 후, 영화가 끝났는지 극장 안에서 사람들이 우르르 쏟아져 나왔다. 그중에는 교복 차림의 이경숙과 후배인 오세진도 섞여 있었다. 상기된 표정의 오세진이 계단에 서 있는 남정옥을 비롯한 모던걸들을 보고 인사를 했다.

* 지금의 서울 명동.

"오셨어요?"

"영화는 재미있었니?"

인사를 받은 남정옥의 물음에 이경숙이 고개를 저었다.

"우리 주삼손 오빠 보러 온 거지. 일본 애들은 왜 이렇게 영화를 거지같이 만드는지 몰라. 할리우드는 둘째 치고 조선 영화보다 별로야."

이경숙이 흉을 보는 사이, 옆에 서 있던 오세진을 누군가 세게 떠밀었다. 비명을 지른 오세진이 계단 아래로 굴러 떨어지고 말았다. 놀란 이경숙이 비명을 지르는 사이, 오세진을 떠민 일본인 남학생들이 깔깔거리며 손가락질을 했다. 그 모습을 본 남정옥이 소리를 질렀다.

"야! 그러다 다치면 어쩌려고 그러는 거야! 당장 사과해!"

하지만 일본인 남학생들은 남정옥의 말소리를 흉내 내기만 할 뿐 사과할 생각은 없어 보였다. 이경숙이 남정옥의 팔을 잡았다.

"걔들이야."

"누구?"

"지난달에 우미관 앞에서 포스터 찢은 애들."

그러고 보니 낯이 익다는 생각에 남정옥은 계단 위에서 손가락질을 하며 웃는 일본인 남학생에게 다가갔다. 그러자 혀를 쏙 내민 남학생이 잽싸게 극장 안으로 도망쳤다. 분통이 터진 남정옥이 따라 들어가려고 하자 제복 차림의 수위가 막았다.

"표를 보여라."

"잠깐, 앞에 들어간 애들 좀 잡고요."

하지만 수위는 남정옥의 어깨를 잡고 밖으로 떠밀었다.

"소란 피우지 마라. 조센징."

"아까 걔들이 제 후배를 떠밀어서 심하게 다쳤다고요!"

"애들끼리는 장난도 치고 그러는 법이야."

"뭐라고요!"

남정옥이 붉으락푸르락한 얼굴로 올려다보자 수위가 차가운 표정으로 대꾸했다.

"조센징들은 참는 법을 좀 배워야 해. 애나 어른이나, 남자나 여자나 걸핏하면 공공장소에서 목소리를 높이잖아. 문명인답게 굴어라."

일본인 수위가 대놓고 모욕을 하자 남정옥은 어깨를 늘어뜨리고 돌아섰다. 아니 돌아서는 척을 했다. 잽싸게 다시 돌아선 남정옥은 일본인 수위의 정강이를 힘껏 걷어찼다. 비명을 지른 일본인 수위가 고함을 쳤다.

"뭐하는 짓이야!"

"공공장소에서 소리를 지르다니, 문명인답게 구세요."

껑충거리는 일본인 수위를 뒤로 하고 명치좌를 나온 남정옥은 계단 아래 쓰러져 있는 오세진에게 다가갔다. 주변을 둘러싼 모던걸들이 걱정스러운 얼굴로 도움을 요청했지만 일본인들은 구경만 할 뿐 아무도 나서지 않았다. 짜증이 난 남정옥이 이경숙에게 말했다.

"인력거 좀 잡아. 일단 병원에 데려가야겠어."

"알았어."

이경숙이 인력거를 잡으러 가는 사이, 다른 모던걸들이 오세진을 부축했다. 절뚝거리며 일어나려던 오세진이 오른쪽 발을 내딛다가 비명을 질렀다.

"아파요. 언니."

이경숙이 잡아 온 인력거를 본 남정옥이 이를 악물고 대답했다.

"병원에 갈 거니까 조금만 참아."

종로에 있는 병원에 도착한 오세진을 본 의사가 대뜸 말했다.

"오른쪽 발목이 부러졌군. 어찌 된 거야?"

아직도 분을 참지 못하는 남정옥 대신 배복순이 대답했다.

"명치좌 계단에서 일본인 남학생이 떠밀었어요."

"고약한 놈들이군."

혀를 찬 의사가 치료 준비를 하는 사이, 모던걸들은 침대에 누운 오세진을 위로했다.

"괜찮을 거니까 걱정 마,"

"어머니가 알면 걱정할 텐데요."

당장이라도 울 것 같은 그녀의 말에 배복순이 손을 잡고 말했다.

"내가 잘 애기할게. 걱정 마."

오세진이 수술실로 들어가자 남정옥이 주먹을 불끈 쥐었다.

"일본인들은 왜 잘못을 저지르고도 처벌받지 않는 거지?"

"그야 일본인이니까 그렇겠지."

배복순이 힘없이 대답하자 남정옥이 목소리를 높였다.

"그게 말이 돼! 잘못했으면 벌을 받아야지!"

"간사님 얘기대로인 거 같아. 조선인이라 차별받는 거지."

안귀례가 힘없이 얘기하자 다들 같은 생각이라는 듯 고개를 끄덕거렸다. 그걸 본 남정옥이 말했다.

"이대로는 못 넘어가겠어."

"그럼 어쩌게?"

이경숙이 걱정스러운 표정으로 묻자 남정옥이 굳은 얼굴로 말했다.

"우리가 하자. 그거."

"뭘?"

남정옥은 의아해 하는 이경숙 옆에 서 있던 배복순을 바라봤다.

"복순이 오빠가 하려고 했던 거."

"미쳤어!"

이경숙이 펄쩍 뛰자 남정옥이 반문했다.

"우리가 그냥 참고 있으니까 애나 어른이나 우릴 우습게 보잖아. 만약 세진이가 일본인 여학생이고 떠민 게 조선인 남학생이라고 생각해 봐. 어쨌겠어?"

"어쩌긴, 순사들이 와서 혼쭐을 냈겠지."

듣고 있던 하윤숙의 말에 다들 한숨을 쉬었다. 남정옥이 주먹을 쥔 채 말했다.

"우리가 뭉치면 어떤 일을 할 수 있는지 보여 주자고."

"그, 그러니까 시위를 벌이자고?"

안귀례의 반문에 남정옥이 고개를 끄덕거렸다.

"경성의 여학교가 한둘이 아니잖아. 다 모여서 뛰쳐나오면 아무도 못 막을 거야."

"무슨 수로 학생들을 모으게. 아니, 어떻게 연락하게? 복순이 오빠도 못 했어."

안귀례의 말에 배복순이 반박했다.

"오빠는 못 했지만 우리는 할 수 있어."

"어떻게?"

"우리가 오빠 대신 연락을 하고 다녔잖아. 거기다 우릴 아무도 의심하지 않는다고, 왜냐하면 우린…."

'날라리 모껄'이라는 말을 차마 하지 못한 배복순은 말을 더 잇지 못하고 우물쭈물했다. 그때 하윤숙이 심각한 표정으로 말했다.

"그런데 시위를 하려면 뭐가 있어야 하잖아. 아버지 얘기로는 기미년 때 독립선언서인가 뭔가를 뿌려서 사람들이 그걸 읽었다고 하던데."

"우리가 그런 걸 쓸 수 있을까?"

모던걸들의 시선이 그나마 글이라는 걸 쓰는 안귀례에게 향했다. 친구들의 시선을 느낀 안귀례가 손사래를 쳤다.

"나는 신춘문예용 글밖에는 못 써."

친구들의 걱정과 우려를 느낀 남정옥이 말했다.

"일단 방법을 찾아보자. 일단 내일부터 학교 끝나고 여기 병원에 모이자. 병문안 왔다고 하면 아무도 의심하지 않을 거야."

"그래."

병원에서 집으로 돌아온 배복순은 오빠가 돌아왔다는 소식을 들었다. 아버지가 변호사들을 만나서 백방으로 알아보는 한편, 과천의 전답을 팔아서 이리저리 뇌물을 쓴 탓이었다. 풀려난 오빠는 초췌한 것을 빼면 크게 고문을 당하거나 상한 곳은 없어 보였다. 큰절을 하는 오빠에게 아버지가 말했다.

"크게 안 상했다니 다행이구나. 이번 일을 교훈 삼아 몸가짐에 주의하도록 해라. 너 하나 어쩐다고 변하는 세상이 아니야."

뭔가 반박하려던 오빠는 입을 다물고 안방에서 물러났다. 어머니는 오빠가 몸보신할 수 있는 음식을 만들고 의원을 불러오는 등 소란을 떨었다. 하지만 오빠는 방에서 나오지 않은 채 음식과 치료를 거부했다. 어머니가 정성스럽게 음식을 차렸지만 오빠는 약간의 밥과 물만 먹은 듯 보였다. 오빠는 이불도 펴지 않고 방바닥에서 새우잠을 자다가 깨면 천장을 바라보는 행동을 반복했다. 배복순은 오빠의 모습이 낯설었다. 저러다 미치거나 갑자기 죽어 버릴까 봐 무서웠다. 그래도 용기를 낸 배복순이 오빠의 방에 노크를 했다.

"오빠 나 들어간다."

배복순은 문을 열고 방 안으로 들어갔다. 그리고 팔을 베고 옆으로 누워 등만 보이는 오빠에게 말을 걸었다.

"뭘 좀 먹어야지. 아무것도 안 먹고, 이렇게 방 안에만 있으면 어떡해? 어머니가 걱정하시잖아."

"아직 동료들이 못 나왔어. 나만 나왔어."

배완희는 아버지가 손을 쓴 탓에 풀려났지만 같이 체포된 동료들은 아직도 구치소에서 나오지 못했다. 배완희는 아버지에게 동료들도 빼내 달라고 부탁했지만 거절당했다면서 풀이 죽었다. 배복순은 의기소침해 있는 오빠에게 조심스럽게 말했다.

"오빠가 시위할 때 쓰려던 격문 같은 거 있어?"

"있긴, 다 빼앗겼지."

"그럼 하나 써 줄 수 있어?"

"뭐하게?"

몸을 돌린 오빠의 물음에 배복순이 대답했다.

"우리가 해 보게."

"뭘?"

"시위 말이야."

잘 이해가 가지 않는다는 표정을 지었던 배완희의 눈이 커졌다.

"지금 뭐라고 했어?"

"시위한다고, 우리가."

"위험해."

"알아. 그런데 가만있기 싫어."

배복순이 명치좌 계단에서 후배 오세진이 겪은 일을 들려줬다. 그러자 배완희가 고개를 끄덕거렸다.

"그런 일이 있었구나. 그래도 너희가 나설 일이 아니야."

"우리가 날라리 모껄이라서?"

"그게 아니라."

"우리는 죽어 있는 거 같아. 그중에서 살아서 움직이려는 사람들은 끌려가고 억압받는 중이야. 죽은 채 지내지 않고 살아 있고 싶으니까 나도 뭐든 하게 해 줘. 어차피 우리는 지금 죽어 있는 거잖아."

배완희는 기특하다는 듯 배복순의 머리를 쓰다듬었다.

"잠깐만 기다려."

그러고는 힘겹게 책상으로 가서 펜을 들었다. 배완희는 동료들과 같이 공들여 작성했던 격문을 정성스럽게 써 내려갔다. 손에 힘이 없어 펜을 잘 쥐지 못해 힘겨웠지만 글씨만은 정갈하고 깔끔했다. 이마에 송골송골 맺힌 땀방울이 떨어질 거 같아서 배복순이 손

수건으로 닦았다. 배완희는 다 쓰고 나서도 한참 동안을 바라보고 바라보다가 배복순에게 주었다.

"내가 너한테 해 줄 수 있는 건 이거밖에 없어."

"이거면 충분해. 오빠."

"다행히 격문은 내가 쓴 거라서 머리에 그대로 남아 있었어."

"고마워."

"하지만 대량으로 배포하려면 등사기랑 종이가 많이 필요할 텐데."

"한번 구해 볼게."

"무섭지 않니?"

편지지를 건네준 배완희의 물음에 배복순이 반문했다.

"오빠는?"

"많이 무서웠어."

"그런데 왜 한 거야?"

"죽어 지내기 싫었으니까."

오빠의 대답을 들은 배복순이 싱긋 웃었다.

"우리도 같은 생각이야."

"그래, 우리 죽지 말고 살자."

다음 날, 병원에 간 배복순은 친구들에게 오빠가 쓴 격문을 보여 줬다. 병원에 오다가 사온 군밤을 우물거리며 먹던 안귀례가 감탄사를 날렸다.

"야, 뒤태 오빠는 공부도 잘하면서 글도 잘 쓰네."

"원래 똑똑한 사람이 글도 잘 쓰는 거 아니었어?"

남정옥이 심드렁하게 대꾸하자 안귀례가 한숨을 쉬었다.

"그러게. 나는 아무리 노력해도 이렇게 못 쓰겠던데."

안귀례의 푸념 뒤로 하윤숙이 진지하게 물었다.

"이걸 여러 개 만들어서 거리로 나갈 때 나눠 주면 되는 거지?"

"맞아."

"태극기하고 같이하면 더 좋겠는데."

안귀례의 말에 이경숙이 눈빛을 반짝거리며 말했다.

"우리가 먼저 시작하면 어른들이랑 다른 학생들도 분명 같이 나설 거야."

다들 한 마디씩 하는 가운데 남정옥이 나섰다.

"우선 각자 다니는 학교에서 믿을 만한 동무들을 점찍어 놔. 그리고 우리가 준비를 마치면 계획을 털어놓자. 지금은 어른들은 모르게 우리 여학생들만 시작해야 돼. 나쁜 어른들도 있으니까."

"남학생들은?"

이경숙의 물음에 남정옥이 고개를 저었다.

"남학생들은 감시를 받는 중이라 섣불리 접촉하면 의심을 받을 거야. 우리 여학생들만 해야 돼."

모던걸들은 배완희가 쓴 격문을 보면서 만세시위에 나설 꿈에

부풀었다. 하지만 그러기 위해서는 풀어야 할 문제가 많았다. 특히 어떻게 시위 계획을 전달할지가 관건이었다. 배완희가 잡힌 것도 바로 그 단계였기 때문이다. 다들 고민에 빠진 가운데 남정옥이 뭔가 생각났다는 표정을 지었다.

"자자, 모여 봐. 좋은 생각이 났어."

남정옥이 격문을 챙기면서 친구들에게 말했다.

"무슨 생각?"

"우리 바자회를 열자."

"뜬금없이 바자회를 왜?"

하윤숙의 반문에 남정옥이 오세진이 누워 있는 병실을 바라보면서 말했다.

"어제 밤새 생각해 봤는데 말이야. 사람들이 모이려면 명분이 있어야 하잖아. 의심을 받지 않고 자유롭게 모여서 일을 꾸미기에는 바자회만 한 게 없어. 세진이 병원비를 모으기 위한 바자회를 여는 거야. 어때?"

다들 그럴 듯하다는 표정을 짓는 것을 본 남정옥이 씩 웃었다.

"그렇게 하나씩 시작하자. 다음에 필요한 게 뭐지?"

"오빠가 그러는데 격문을 대량으로 인쇄하려면 등사기랑 종이가 많이 필요하다고 했어."

배복순의 말에 남정옥이 고민에 빠진 표정으로 말했다.

"그렇겠지. 둘 다 구하기가 쉽지 않겠네. 일단 바자회 준비하면서 슬슬 알아보자. 의심을 받지 않으려면 바자회도 제대로 해야 하니까 다들 열심히 준비해."

"그럼 근우회에 가서 도와 달라고 할까?"

하윤숙이 불쑥 얘기를 꺼내자 다들 눈치를 봤다. 마지막에 박정자 간사가 실망한 표정으로 쫓아냈던 일이 떠올랐기 때문이다. 하지만 남정옥이 나섰다.

"지난 일은 지난 일이고. 근처에 있으니까 가 보자."

모던걸들은 병원을 나와 근우회로 향했다. 하지만 근우회 사무실에 박정자는 없었다. 사무실에 있는 회원들에게 물었지만 아무도 대답해 주지 않았다. 낙담한 모던걸들은 일단 바자회 준비부터 하기로 했다.

다음 날, 바자회 장소를 알아보기 위해 발품을 팔러 다니는 남정옥을 제외한 모던걸들은 이경숙의 집으로 향했다. 그녀가 집에 모아 둔 영화잡지들을 내놓기로 해서 같이 정리하기로 한 것이다.

"큰돈은 되지 않겠지만 사람들이 관심을 가지고 보러 올 거야."

이경숙은 영화잡지뿐만 아니라 그동안 모아 놓은 영화 팸플릿과 포스터도 같이 내놓기로 했다. 그걸 보던 안귀례가 말했다.

"혹시 연극 같은 거 해 볼래?"

"어디서?"

"바자회에서, 내가 대본을 써 줄 테니까 일인극 같은 거 해 봐."

"정말? 나 배우가 되는 거야?"

신이 난 이경숙을 보고 모두 활짝 웃었다. 하윤숙도 돕겠다고 하자 안귀례가 핀잔을 줬다.

"내년에 죽겠다고 하면서 왜 이렇게 열심히 살아."

"내일 세상이 망해도 오늘 한 그루의 사과나무를 심는 심정이랑 같아."

천연덕스럽게 대꾸한 하윤숙의 말에 안귀례는 참지 못하고 웃고 말았다. 그러면서 문득 집보다 이곳이 더 편하다는 생각이 들었다. 며칠 전부터 부쩍 아버지가 관심이 없던 모던걸들에 대해서 이것저것 물어보는 것이 못내 불편했기 때문이다.

"동무들이랑 계속 어울리고, 뭐하는지 꼭 말해 줘야 한다. 꼭!"

아버지가 모던걸의 소식과 특히 배복순이 어떻게 지내고 있는지 귀찮을 정도로 물어보는 것도 마음에 걸렸다. 그래서 대본을 만들어 준다는 핑계로 잊으려고 노력했다. 이경숙은 영화에 나오는 대사를 넣어 달라고 했지만 안귀례는 자신이 쓰던 희곡의 문구를 넣어 보기로 했다. 바자회를 어떻게 할지에 대한 얘기가 이어졌다. 이경숙은 벌써 혼자만의 연극을 할 생각에 흠뻑 취한 채 이것저것 아이디어를 냈다.

"귀례가 대본을 만들고 내가 연극을 할 거잖아. 이 잡지들은 무대 주위에 전시를 하고, 내 연기를 보고 기부를 하는 사람한테 줄 거야."

안귀례가 맞장구를 쳤다.

“사람들이 네 연극을 보려고 모이면 복순이가 물건을 좀 더 편하게 팔겠지.”

“나도 도와줄게.”

하윤숙이 나서자 이경숙이 눈빛을 반짝거렸다.

“너도 죽는다는 생각은 이제 그만하고 영화를 봐. 여기에 기쁨하고 슬픔, 모든 게 다 있어. 영화를 보면 감정이 살아 있다는 게 느껴져.”

“난 잘 모르겠어. 영화를 보면서 살아 있다는 걸 어떻게 느낄 수 있어? 영화 속 인물은 실제가 아니잖아. 영화 속 이야기는 우리 이야기가 아니야. 그런데 어떻게 살아 있다는 걸 느낄 수 있다는 거야?”

“영화는 상상력이야. 몸은 그대로 있고 묶여 있지만 무한한 감성과 자유와 미래를 꿈꿀 수 있어.”

이경숙의 말에 하윤숙이 답답하다는 표정을 지으며 고개를 저었다.

“외국 영화는 물론이고 조선에서 만든 영화에도 우리는 없어. 영화는 그냥 허구일 뿐이야.”

하윤숙의 반박에 이경숙의 표정이 굳어졌다. 이러다 또 싸우겠다는 생각이 든 배복순이 나섰다.

“그만 싸우고, 잡지나 정리하자.”

“그래, 할 일이 많아.”

안귀례가 배복순의 편을 들자 두 사람은 입씨름을 멈췄다. 잠시 후, 장소를 알아보러 나갔던 남정옥이 돌아왔다. 지친 표정의 그녀는 바자회 진행 과정을 듣고는 심각한 표정으로 말했다.

"바자회도 중요한데 시위를 어떻게 할지도 이제 슬슬 모색해야지."

그러자 배복순이 걱정하던 문제를 꺼냈다.

"오빠가 시위에 쓸 격문을 적어 주긴 했는데 이게 많이 필요하다고 했어."

"나가는 김에 알아봤는데 종이나 등사기 모두 구하기가 쉽지 않더라."

"차라리 인쇄소에 맡겨 볼까?"

배복순의 말에 남정옥이 대뜸 고개를 저었다.

"거긴 감시도 심하고, 찍어 줄 리도 없어. 자칫하다가는 잡혀가고 문도 닫아야 하잖아."

"그렇긴 하지. 결국 우리가 해결해야겠네."

배복순이 한숨과 함께 대답했다. 그러면서 바닥에 어지럽게 흩어진 영화잡지들을 바라봤다.

며칠 후, 박정자로부터 근우회 사무실로 오라는 연락이 왔다. 모던걸들이 근우회 사무실에 모습을 드러내자 박정자가 그녀들을 맞이했다.

"어서들 와라. 내가 없는 동안 찾아왔다며?"

"네, 상의할 게 있었는데 안 계셔서 그냥 돌아갔어요."

모던걸들을 대표해서 남정옥이 대답하자 박정자가 물었다.

"무슨 일?"

"경숙이 후배 세진이가 다리가 부러져서 입원 중이거든요. 그래서 병원비를 모으려고 바자회를 열기로 했어요."

"세진양 소식은 나도 들었어. 어른들이 나서서 말리지 않으니 점점 더 심한 장난들을 치는구나."

혀를 찬 박정자가 모던걸들을 뚫어지게 바라봤다.

"철이 없는 줄 알았더니 후배도 도울 줄 알고, 대견하네. 장소는 근우회에서 제공할게."

"진짜요?"

배복순이 반색을 하자 박정자가 고개를 끄덕거렸다.

"그럼, 정동 쪽에 배재고보 운동장 어때? 거기 제법 넓고 시내 한복판이라 오가기도 편할 거야."

"거기면 너무 좋죠."

"그 학교랑 교섭해 놓을 테니까 잘 준비하거라. 다음 번 회지에 바자회 소식을 알려주면 회원들이 좀 올 거야. 날짜는 삼 월 마지막 주 토요일이 어때? 날씨가 풀려서 사람들이 많이 올 수 있을 것 같은데."

"우와! 고맙습니다."

가장 크게 걱정하던 장소 문제가 해결되자 다들 좋아했다. 그런 와중에 남정옥이 박정자에게 물었다.

"그나저나 며칠 동안 무슨 일로 자리를 비우신 거예요?"

"함경도 청진에 갔다 왔어. 거기에 있는 몇몇 학교 학생들이 만세시위를 벌였거든."

"진짜요? 신문에는 안 났던데요?"

"경찰에서 보도제한 조치를 내려서 그래. 현장에 간 기자들이 엄청 화를 냈지만 어겼다가는 정간을 당하니까 참을 수밖에."

박정자가 생각만 해도 화가 난다는 표정으로 대답하자 배복순이 조심스럽게 물었다.

"시위에 참여한 학생들은 무사한가요?"

"아니, 순사들이 무자비하게 짓밟고, 체포했어. 태극기를 들고 시위하던 여학생 한 명은 순사가 내리친 칼에 팔이 잘렸다는 소문도 돌았고."

"정말이오?"

놀란 이경숙의 물음에 박정자가 한숨을 쉬었다.

"개학을 하고 학생들이 시위를 준비한다는 소문이 도니까 본보기를 보이려고 무자비하게 진압한 것 같아. 그것 때문에 청진에 머물렀단다. 그리고 거기서 그 남자를 봤어."

"누구요?"

"남도식."

모던걸들이 소스라치게 놀라자 박정자가 우울한 표정으로 창밖을 바라봤다.

"사실 시위가 좀 더 커질 수 있었는데 그자가 나타나서 주동자들을 딱딱 골라내 체포하는 바람에 시위가 삽시간에 가라앉았어."

"얼마 전에 근우회 사무실 앞에서 봤어요."

안귀례가 떨리는 목소리로 말하자 박정자가 대답했다.

"누구보다 가장 조심해야 될 자야. 조선 사람이라 우리를 속속들이 잘 알고 있어서 말이다."

박정자와 얘기를 마치고 나온 모던걸들 중에서 가장 먼저 입을 연 것은 하윤숙이었다.

"내가 그 장소에 있었어야 했는데, 죽음의 장소로 적당한 곳이잖아."

안타깝다는 듯 말하는 하윤숙에게 배복순이 말했다.

"우리는 죽으려고 만세시위를 준비하는 게 아니야. 살기 위해서 하는 거라고, 우리는 무조건 살아야 돼."

"어떻게 하면 살아서 잘 싸울 수 있을까?"

배복순의 얘기에 이경숙이 약간 도취된 표정으로 말했다.

"내가 연극을 잘해서 사람들을 많이 불러 모아야겠지."

"일단 최대한 많은 학생들이 모이게 해야 해. 간사님이 보신 대로 적게 모이면 본보기 삼아서 아주 가혹하게 짓밟아 버리잖아."

남정옥이 걱정스러운 표정으로 말하자 배복순이 곰곰이 생각하다가 대답했다.

"맞아. 여학생들이 한번에 같이하면 좋을 텐데 방법이 없을까?"

모던걸들은 배복순의 얘기를 듣고 생각에 잠겼다. 그러다 안귀례가 조심스럽게 말했다.

"우리 학교에서 그런 쪽에 관심이 있는 동무들이 있어. 어떻게 해야 할지 아직 말은 못 했는데 말을 걸어 볼까 싶어."

"우리 학교에서도 같이 참여할 방법을 알아볼게."

다들 만세시위에 대해서 고민하는 와중에 남정옥이 말했다.

"섣불리 얘기했다가 비밀이 새어 나갈 수 있잖아. 그러니까 점찍어 놓은 동무들을 바자회에 불러서 직접 얘기를 해서 일을 진행하는 게 좋겠어."

"맞아 바자회를 열면 학생들이 모이게 되어 있으니까 아무도 의심하지 않을 거야."

하윤숙은 자신 있게 말했지만 배복순이 걱정스러운 표정으로 대꾸했다.

"오빠도 조심했지만 시작도 못 해 보고 발각됐잖아. 뜻을 모으는 것도 좋지만 다들 조심해."

배복순은 망가진 오빠의 모습을 생각하면서 친구들을 걱정했다. 이런저런 얘기들이 오가자 남정옥이 나서서 정리했다.

"일단 내일부터 학교 수업 끝나면 우리 집으로 모여. 격문이랑 태극기를 필사부터 해 놓자. 종이는 각자 구할 수 있는 대로 구해 오고."

다들 알겠다고 말하는 와중에 안귀례는 아버지가 신신당부하던 말이 떠올랐다.

"무슨 일이 생기면 바로 와서 말해야 한다. 그게 아버지가 살고, 우리 집이 사는 길이다. 알았지."

바자회

1930년 3월, 경성

모던걸들은 바자회를 준비한다는 핑계로 모여서 만세시위를 벌일 준비를 했다. 일단 배복순의 오빠가 써 준 격문을 베껴 쓰고 태극기를 만들었지만 생각보다는 쉽지 않은 일이었다.

격문을 일일이 필사해야 했기 때문에 들인 시간에 비해서 만들어지는 수가 적었다. 거기다 팔이 점점 아파 와서 속도도 느려졌다. 펜을 내던진 하윤숙이 투덜거렸다.

"팔 아파! 내년에 죽기 전에 팔 아파서 죽겠다."

"팔이 아프면 아프지 죽긴 왜 죽어?"

이경숙이 웃으면서 대꾸하자 하윤숙이 팔을 접었다 폈다 하면서 대꾸했다.

"팔이 아프면, 가슴이 아프고, 가슴이 아프면 머리가 아프게 되잖아. 그럼 다 죽는 거야."

"말도 안 돼! 근데 나도 팔 아파. 우리 얼마나 한 거야?"

이경숙이 바닥에 어지럽게 흩어진 종이들을 보면서 한숨을 쉬었다. 이리저리 흩어진 종이를 모으고 있던 안귀례가 말했다.

"잠깐 쉬었다 하자."

그 얘기가 끝나기가 무섭게 다들 펜을 내려놓고 팔을 주물렀다. 종이를 정리하던 안귀례가 한숨을 쉬었다.

"우리 태극기도 준비해야 하는데 어쩌지? 이런 식으로 하면 바자회를 열 때까지 준비 못 할 거 같아."

이경숙이 남은 종이를 엄지와 검지로 잡고 팔랑거리면서 덧붙였다.

"그보다 더 이상 쓸 수 있는 종이가 없어."

결정타였다. 팔이 아픈 것은 참고 하면 되지만 종이가 부족하면 더 이상 격문을 만들 수 없기 때문이다. 이경숙이 종이를 내려놓으며 중얼거렸다.

"종이가 더 필요해."

모던걸들은 일제히 배복순을 바라보았다. 평소에 돈이 필요한 일은 배복순이 해결했기 때문이다. 그런데 배복순이 난처한 표정을 지었다.

"안 그래도 용돈을 좀 달라고 했는데 오빠를 빼내 오느라 돈을 많이 써서 당분간 용돈을 줄 수 없다고 하셨어."

"모아 놓은 것도 없어?"

배복순은 고개를 끄덕였다. 필요할 때마다 받아서 썼기 때문에 고정적인 용돈이 없기도 했지만 배복순도 모을 생각을 하지 않았다. 얘기를 하면 항상 필요한 만큼 받았기 때문에 돈을 받지 못하는 경우가 있을 거라고는 생각하지 못했다. 모던걸들의 시선이 이경숙에게 옮겨졌다. 이경숙이 한숨을 쉬었다.

"한 푼도 없어. 돈이 생기면 영화를 보거나 잡지를 사들이는 거 다 알잖아."

"나, 나도 책 사느라고 지난달 용돈을 다 써 버렸어."

안귀례가 미안하다는 표정으로 말하자, 남정옥도 한숨을 쉬며 털어놨다.

"우승 상금은 다 썼고, 남은 돈은 라켓 사느라고 써 버렸어."

마지막으로 남은 건 하윤숙이었다. 그녀는 모던걸들의 시선이 자신에게 오자 고개를 저었다.

"내년에 죽을 거라서 돈을 안 모았어. 남은 돈은 며칠 전에 종이 살 때 썼고 말이야."

상황이 암울해지자 다들 천장을 보고 한숨만 쉬었다. 배복순이 조심스럽게 말했다.

"바자회에 내놓을 물건 중에 일부를 미리 팔면 돈이 생기지 않을까. 그걸로 급하게 필요한 종이를 사는 건 어때?"

배복순의 얘기에 이경숙이 맞장구를 쳤다.

"쓸 만한 물건들이 많으니까 잘 팔릴 거야."

두 사람의 얘기를 듣던 안귀례가 나섰다.

"갑자기 물건을 팔겠다고 하면 이상하게 생각하지 않을까? 괜히 의심받을 수도 있고 말이야."

"하긴, 물건을 먼저 판다고 소문이 돌면 정작 바자회 때 물건이 없다고 안 올 수도 있어."

종이를 구하기 위한 얘기들이 어지럽게 오가자 남정옥이 나섰다.

"일단 종이를 살 수 있는 방법을 생각해 보자. 그리고 사실 계속 종이를 사들이는 것도 의심을 받을 수 있으니까 다른 방법으로 구해 보는 것도 고민해 보고."

안귀례는 집에서 기다리고 있는 아버지와 마주하는 것이 부담스러웠다. 며칠 전에 아버지가 남도식과 안방에서 조용히 얘기를 나누는 걸 본 다음부터는 더욱더 부담감이 생겼다. 모던걸들에게 털어놓을까 고민해 봤지만 그랬다가는 다시 어울리지 못할 게 뻔했기 때문에 차마 말하지 못했다.

"오늘도 동무들 만나고 왔지?"

집에 도착하자마자 아버지가 득달같이 달려와서 물었다. 안귀례의 아버지는 남도식에게 필요한 정보를 제공한다면 인정을 받을 수 있다는 생각에 조바심을 내는 모습이었다. 신발을 벗은 안귀례가 일부러 힘들다는 표정을 지으며 대답했다.

"바자회 때문에 거의 매일 만나고 있어요. 생각했던 것보다 준비해야 할 게 많아서요."

"그래. 다른 일은 하는 거 없고?"

"바자회에서 소설 구절을 모아서 연극을 하려고 하는데, 제가 대본을 준비하고 있어요."

"그래 잘했다."

아버지답지 않게 칭찬을 하는 모습을 본 안귀례는 조심스럽게 말했다.

"저, 용돈 좀 주세요."

"용돈은 왜?"

"대본을 쓰려면 종이도 좀 필요하고, 책도 사 봐야 하거든요."

"그, 그래? 당연히 줘야지."

뜻밖에도 아버지가 지갑에서 빳빳한 새 돈을 꺼내서 건네주자 안귀례는 더욱더 불안해졌다. 아버지가 뭔가를 알고 있고, 더 캐내려고 한다는 생각이 들었기 때문이다. 그래도 종이를 살 돈을 구했다는 생각에 미소가 살짝 지어졌다. 그런 안귀례에게 아버지가 했던 말을 또 했다.

"혹시 무슨 일이 있으면 꼭 말해라. 우리 가족을 위해서 아주 중요한 일이다."

"네."

"근데, 요즘 여학생들이 죄다 영화관에 몰려간다고 하던데 넌 영화는 안 보니?"

"전 책이 더 좋아서요."

“가끔 동무들하고 같이 영화도 봐라.”

“알겠어요.”

짧게 대답한 안귀례가 지친 표정을 짓자 아버지가 주춤주춤 물러났다.

“피곤한 것 같은데 어서 쉬어라.”

안귀례가 아버지에게 받은 돈을 보여 주자 모던걸들은 환호성을 질렀다. 중단되었던 격문 필사를 다시 할 수 있게 되었기 때문이다. 남정옥이 환하게 웃으며 안귀례에게 말했다.

“너희 아버지 진짜 자상하시다.”

안귀례는 아버지의 속내를 사실대로 말하지 못해서 답답했다. 모던걸들을 보던 배복순이 말했다.

“나도 용돈을 좀 받았거든. 귀례가 가져온 돈으로는 종이를 사고, 이걸로는 맛있는 거 사 먹자.”

“종이는 화신상회에서 사는 게 좋겠지?”

하윤숙의 얘기에 이경숙이 고개를 끄덕거렸다.

“그리고 장곡천정 양복점에서 일하는 토이기(터키) 사람들 보러 가자.”

“나가는 김에 종로도서관에도 들렀으면 좋겠어. 대본 쓸 때 봐야 할 책을 빌려야 하거든.”

안귀례의 말에 남정옥이 웃으며 나가자는 손짓을 했다.

"어쨌든 나가자."

남정옥의 외침에 다들 환호성을 지르며 밖으로 나왔다. 오랜만에 밖으로 나온 모던걸들이 화신상회에서 종이를 사서 장곡천정으로 향하고 있는데 눈앞에 남도식이 불쑥 나타났다. 당꼬바지에 검정색 외투를 걸친 차림의 그가 싸늘하게 웃자 모던걸들은 모두 얼어붙고 말았다.

"오랜만이군."

다들 입을 다물고 있는 가운데 남정옥이 나섰다.

"왜요? 뭐 할 말 있으세요?"

"바자회 준비를 하고 있다고 들었다."

"네."

"뭐 도와줄 건 없을까 하고."

뜻밖의 얘기에 다들 맥이 풀렸지만 남정옥은 여전히 긴장의 끈을 놓치지 않았다.

"저희가 다 할 수 있어요."

"그렇군."

남도식은 말을 붙이면서 모던걸들을 살펴보다가 안귀례가 품에 안고 있는 종이 뭉치를 봤다.

"종이가 아주 많군? 어디에 쓰려고?"

"알아서 뭐하게요."

배복순이 퉁명스럽게 말하자마자 남정옥이 종이를 안고 있는 안귀례를 가리키며 말했다.

"얘가 글을 아주 잘 쓰는 건 아시죠? 신춘문예 준비하고 있거든요."

"신춘문예를 준비하는데 종이가 저렇게 많이 필요하나?"

"저희 바자회 때도 필요해서 같이 쓰려고요. 경숙이가 연극을 하는데 대본에 쓸 종이도 필요하거든요."

남정옥의 대답을 들은 남도식이 대답했다.

"혹시 종이가 또 필요하면 말해라. 구해다 줄 테니까."

"종로경찰서에서요?"

듣고 있던 배복순이 쏘아붙이자 남도식이 피식 웃었다.

"그럼, 경찰서에는 종이가 아주 많지. 붙잡힌 사상범들이 자백한 내용을 기록에 남겨야 하니까 말이다."

모던걸들이 입을 굳게 다문 채 노려보자 남도식이 배복순을 바라보면서 말했다.

"네 오빠가 어떻게 실패한 줄 아냐? 다른 학교 대표자들과 접촉할 때 우리에게 정보가 들어왔다. 경성에서 가장 머리가 좋다는 대학생들도 우리의 감시망을 피하지 못했지. 너희가 무슨 일을 꾸민다는 건 짐작하고 있지만, 만약 증거를 찾으면 너희 모두 무사하지 못할 거다."

남도식은 최후통첩 같은 말을 남기고 떠났다. 어깨를 움츠린 안귀례가 말했다.

"우리 시작하기도 전에 잡히면 어쩌지."

이경숙이 목소리에 힘을 주고 대답했다.

"조심하면 괜찮을 거야."

남정옥도 친구들을 안심시켰다.

"확실하게 모르면서 우리를 겁주려고 그냥 하는 말일 수도 있어. 미리 겁먹지 말자."

한편, 배복순은 부들부들 떨었다.

"어쩌면 저렇게 천연덕스럽게 말할 수 있을까?"

남정옥이 화를 못 참는 배복순을 다독거렸다.

"자기가 잘못한 게 없다고 생각하겠지. 신경 쓰지 말고 가자."

다음 목적지는 종로도서관이었다. 그곳을 자기 집처럼 드나드는 안귀례를 따라 안으로 들어갔다. 다들 조용히 책을 읽고 있는 와중이라 하윤숙도 안면이 있는 사서와 조용히 인사를 나눴다. 안귀례가 빌리고 싶어 하는 책의 이름을 들은 사서 선생님이 따라오라고 손짓을 했다. 모던걸들은 안귀례를 따라 사서실로 들어갔다. 그곳에서는 새로 구입한 책들을 분류하고, 장서인*을 찍는 중이었다. 사서 선생님이 안귀례와 함께 같은 층에 있는 보관실에 가서 책을 찾는 동안 모던걸들은 얌전히 의자에 앉아서 기다렸다. 그러

* 책에 소유주가 누구인지 표시하는 도장.

던 중 배복순이 옆에 앉은 남정옥의 옆구리를 팔꿈치로 쳤다. 남정옥이 바라보자 배복순은 저쪽을 보라는 눈짓을 했다. 그곳에는 자원봉사를 하는 여학생들이 등사기를 이용해서 도서관 회보를 찍는 중이었다. 잉크를 바른 곳에 종이를 놓고 롤러를 문지르는 작업을 네 명의 여학생이 나누어 하고 있었다. 순식간에 쌓이는 회보를 보면서 눈이 휘둥그레졌다. 남정옥이 배복순에게 속삭였다.

"도서관에서 등사기도 빌려줄까?"

"저걸?"

"등사기가 있으면 일이 더 빨리 되겠어. 거기다 가방처럼 되어 있어서 들고 다니기도 편할 것 같아."

남정옥의 물음에 배복순이 고개를 저었다.

"책은 빌린 적이 있지만, 등사기를 빌려주는 건 한 번도 못 본 거 같아."

"그래도 한번 물어나 보자."

"그럼 우리한테 왜 빌리려고 하는지 물어보지 않을까?"

"당연히 물어보겠지."

남정옥의 대답을 들은 배복순이 얼굴을 찌푸렸다.

"선생님이 등사기를 빌려주셨다가 나중에 고초를 겪게 될 수도 있어."

모던걸들이 고민을 하는 동안에 도서관 회보를 다 찍었는지 여학생들이 자리를 정리하고 등사기 뚜껑을 덮어서 사서 선생님 책상 위에 올려 뒀다. 여학생들이 나가자마자 남정옥이 책상으로 다가가서 등사기를 만지작거렸다. 모던걸들이 놀라서 바라봤다. 남정옥이 등사기 상자를 들어 보고는 말했다.

"이거 가져가자."

"말 안 하고 그냥 가져가자고?"

"등사기를 빌릴 수는 없잖아. 쓰고 나서 다시 가져다 놓으면 될 거야."

"그냥 들고 나가면 들키잖아."

하윤숙이 말도 안 된다고 하자 이경숙이 재빨리 아까 화신상회에서 산 종이를 가지고 등사기 상자를 포장했다.

"이렇게 가지고 나가면 뭔지 모를 거야."

"좋은 방법이네."

남정옥과 이경숙이 등사기를 포장하는 동안에 배복순과 하윤숙이 망을 봤다. 고개를 빼고 복도를 살펴보던 하윤숙이 속삭였다.

"지금 나가도 될 거 같아."

남정옥이 종이로 감싼 등사기를 들고 모던걸들이 호위를 하듯이 앞뒤로 붙어서 걸었다. 그때 복도 끝 보관실에서 안귀례와 사서 선생님이 나타났다. 남정옥이 재빨리 복도에 있는 화분 뒤에 등사기를 숨기고는 딴청을 피웠다. 책을 품에 안은 안귀례가 인사를 하자 사서 선생님이 방긋 웃으며 손을 흔들어 줬다. 그걸 본 배복순이 다급하게 중얼거렸다.

"방으로 가면 등사기가 없어진 걸 바로 알겠는걸."

그사이, 사서 선생님이 복도에 서 있는 모던걸들에게 눈인사를 하고 사서실로 향했다. 그 뒷모습을 모던걸들이 보고 망연자실해 하는 가운데 갑자기 하윤숙이 바닥에 풀썩 주저앉았다.

"나 살기 싫어!"

"뭐야. 갑자기 왜 그래?"

하윤숙의 갑작스러운 행동에 모던걸들은 물론 복도를 오가던 사람들 모두 발걸음을 멈췄다.

"살기 싫다고! 공부는 해서 뭐해."

하윤숙이 큰소리를 내자 방으로 들어가려던 사서 선생님이 돌아왔다.

"학생. 여기서 소란 피우면 안 돼요."

"죄송해요 선생님. 전 정말 살기 싫어요. 떨어져서 죽을 거예요."

하윤숙은 벌떡 일어나서 도서관 테라스로 향했다. 그리고 난간 위로 올라가서 기둥을 잡고 껴안았다. 놀란 사서 선생님이 외쳤다.

"학생. 여기 삼층이야. 어서 내려와."

모던걸들도 하윤숙을 말리기 위해 테라스로 향했다. 그때 하윤숙의 눈짓을 본 배복순이 걸음을 멈췄다. 그리고 다른 모던걸들에게 눈짓을 하고는 화분 뒤에 숨겨 둔 등사기를 슬쩍 챙겨서 종종걸음으로 계단을 내려갔다. 배복순이 나가는 동안 모던걸들은 눈길을 끌기 위해 더 난리를 쳤다.

"위험해. 내려와."

"가까이 오면 뛰어내릴 거야."

하윤숙이 고래고래 소리를 지르자 모던걸들이 당황해서 어쩔 줄 몰라 하는 사서 선생님을 더욱 혼란에 빠트리는 말을 했다.

"재가 평소에도 자살한다고 말하던 애예요. 요즘엔 안 그러더니 오늘 정말로 죽으려고 저러나 봐요."

그 얘기를 듣고 다급해진 사서 선생님이 손짓을 했다.

"학생. 이러지 말고 내려와요."

"가까이 오지 마세요. 정말 뛰어내릴 거예요."

하윤숙은 기둥을 잡고 있던 손을 놓았다. 주위에 몰려든 학생들이 긴장해서 숨을 들이켰다. 사서 선생님이 다급하게 물었다.

"원하는 게 뭐예요?"

"공부하기 싫어요."

"그렇다고 죽으려고 하면 어떡해요. 다른 길이 있을 거예요."

테라스의 경계선에서 대치 상황이 계속되다가 소식을 들은 순사가 왔다.

"학생, 내 말 잘 들어."

하윤숙이 바라보자 순사가 헛기침을 했다.

"여긴 삼층이고, 아래는 나무하고 잔디야. 그러니까 떨어져도 다치기만 하지 안 죽어."

"정말 여기에서는 안 죽어요?"

하윤숙의 반문에 순사가 고개를 끄덕거렸다.

"이 정도 높이에선 안 죽어. 그러니까 그만 고집 부리고 내려와."

"저 내려가는 것도 무서워요. 그냥 뛰어내릴래요."

결국 울음을 터트린 하윤숙의 말에 순사가 난감한 표정을 지었다.

"내가 잡아 줄 테니까 손 내밀어."

순사가 테라스로 조심스럽게 다가가서 손을 내밀었다. 하윤숙도 머뭇거리다가 순사의 손을 잡으려고 손을 내밀었다. 순사의 도움으로 난간에서 내려온 하윤숙은 그대로 기절해 버리고 말았다.

"학생. 정신 차려요!"

사서 선생님이 어쩔 줄 몰라 하는 가운데 순사가 하윤숙을 업고 급하게 병원으로 향했다. 따라서 밖으로 나온 모던걸들은 길 건너편에서 배복순이 등사기를 가지고 인력거를 타는 걸 봤다. 병원에 가는 도중에 하윤숙이 정신을 차리자 순사는 그대로 종로경찰서로 데리고 갔다. 정숙해 보이는 경찰서 풍경에 기가 죽은 하윤숙은 조용하게 있다가 사서 선생님과 순사의 훈계를 듣고 나왔다. 종로경찰서 담장 밖에서 기다리고 있던 모던걸들이 하윤숙을 둘러싸고 호들갑을 떨었다.

"몸은 괜찮아?"

"얼마나 놀란 줄 알아? 정말로 떨어지는 줄 알았어."

"안에서는 별일 없었어?"

하윤숙은 한숨을 쉬면서 대답했다.

"경찰서 구경하고 잔소리는 좀 들었지만 별일 없었어."

하윤숙이 무사한 것을 본 남정옥이 씩 웃었다.

"경찰서 들어가서 멀쩡하게 나온 여학생은 너밖에 없을 거야. 정말 대단해."

"그보다 등사기는 가지고 나왔어?"

그녀의 물음에 배복순이 고개를 끄덕거렸다.

"잘 챙겨서 가지고 나왔어."

하윤숙이 등사기를 빼돌리게 하려고 일부러 연극을 했다는 사실에 가장 놀란 건 이경숙이었다.

"강력한 경쟁자가 생겼네."

"어서 여기서 벗어나자!"

배복순이 환하게 웃으면서 말하자 다들 종로경찰서를 떠났다. 창가에 서서 그 광경을 지켜보던 남도식이 순사보조원 박씨를 돌아봤다.

"쟤들 요즘 어디서 모인다고 했지?"

"제일 앞에 가는 남정옥의 집에서 모입니다."

"어딘지 알지?"

"그렇긴 합니다만, 굳이…."

박씨가 말끝을 흐리자 남도식은 돌아서서 정강이를 걷어찼다.

"너는 그냥 시키는 대로 해. 생각은 내가 할 테니까."

"죄, 죄송합니다."

"어디 밖에 싸돌아다닐 거 같으니까 지금 가 보는 게 좋겠군."

"남정옥의 집에 말입니까?"

"그럼 어디겠어? 어서 내려가서 인력거 잡아!"

"하이! 알겠습니다."

남정옥의 집으로 들이닥친 남도식은 그녀의 방으로 들어갔다. 방 안은 바자회 준비 때문인지 잡지랑 물건 들로 가득했다. 박씨와 함께 샅샅이 뒤졌지만 이상한 점은 찾을 수 없었다.

"별거 없습니다."

박씨의 얘기를 들은 남도식이 중얼거렸다.

"종이가 없어."

"네?"

"지난번에 봤을 때는 종이를 잔뜩 들고 있었는데 별로 없잖아."

"뭐, 여기저기 쓰지 않았겠습니까? 원래 바자회라는 걸 하면 종이가 많이 들어가긴 하니까요."

박씨의 얘기를 흘려들은 남도식이 방 안을 내려다보면서 생각에 잠겼다.

공평동 덕은제과에 모던걸들이 들어서자 빵을 굽고 있던 주인 아저씨가 주방 옆에 커튼이 쳐진 공간을 손가락으로 가리켰다. 주변에 아무도 없는 걸 확인한 모던걸들은 커튼을 걷고 안으로 들어섰다. 작은 공간 안에는 그녀들이 가져다 놓은 등사기와 등사원지,* 그리고 종이가 가득 쌓여 있었다. 종이에 인쇄된 격문을 하윤숙에게 보여 준 배복순이 말했다.

"정옥이네 집에서 찍으려고 했는데 아무래도 불안해서 여기로 가져왔어. 다행히 주인아저씨가 오빠랑 잘 아는 사이라서 도와주셨어."

등사된 격문을 보면서 얘기를 들은 하윤숙이 말했다.

"제법 잘 찍었네."

남정옥이 손바닥에 묻은 잉크를 보여 주면서 대답했다.

"처음에는 실패해서 종이를 많이 버렸어."

"그래도 이 정도면 충분하겠는걸."

"문제는 말이야. 등사기를 다시 원래 위치에 갖다 놔야 한다는 거지. 만약 사서 선생님이 잊어버렸다고 신고를 하면 문제가 커질 수 있어."

"될 수 있으면 빨리 가져다 놔야겠네?"

"그래서 오늘 가져다 놓게."

남정옥이 씩 웃자 하윤숙이 따라서 웃었다.

* 등사기로 인쇄를 할 때 쓰는 얇은 기름종이.

3층 복도를 걷던 사서 선생님은 맞은편에서 다가오는 하윤숙과 눈이 마주쳤다. 흠칫 놀란 사서 선생님에게 하윤숙이 공손하게 인사를 했다. 인사를 받은 사서 선생님이 물었다.

“그래, 이제 좀 괜찮니?”

“네. 죄송해요.”

“다시는 그러지 않으면 되잖아.”

“정말로 죄송해요!”

연신 죄송하다는 말을 하던 하윤숙은 테라스를 향해 뛰어가서 예전처럼 난간 위로 올라갔다. 그걸 본 사서 선생님이 한 손으로 이마를 짚은 채 울상을 지었다.

“학생 또 왜 그래?”

사서 선생님은 하윤숙의 행동에 놀라서 바로 뒤따라갔지만 테라스 경계선에서 더 다가가지 못했다.

“선생님 오늘 죄송하다고 인사드리려고 왔어요. 근데 선생님 얼굴을 보니까 너무 죄송해서 죽고 싶어요.”

“괜찮다니까.”

“아니에요. 정말 죄송해요.”

하윤숙은 사서 선생님에게 계속 말을 걸면서 복도를 바라봤다. 계단 쪽에서 살며시 모습을 드러낸 모던걸들이 등사기를 들고 사서실로 향하는 것이 보였다. 등 뒤에서 무슨 일이 벌어지고 있는지 전혀 눈치채지 못한 사서 선생님은 하윤숙에게 제발 내려오라고 애원했다. 사서실로 들어갔던 동무들이 나오는 걸 본 하윤숙은 눈물을 흘리면서 난간에서 내려왔다. 사서 선생님이 얼른 손을 잡아끌었다.

"또 경찰서 가고 싶니?"

"전 정말 어떻게 살아야 할지 모르겠어요. 죄송해요."

하윤숙이 울먹거리자 사서 선생님이 토닥거렸다.

"아니야. 정말 괜찮아."

"그런 거죠? 우리 정말 괜찮은 거죠?"

"그럼, 괜찮으니까 염려 마."

근우회에서 진행하기로 한 바자회 날짜가 코앞으로 다가오자 모던걸들의 마음도 더욱 급해졌다. 등사기로 찍어 내고 필사한 격문들은 모두 공평동 덕은제과에 숨겨 놨지만 남도식의 밀착 감시가 더 심해진 것이다. 남정옥의 집에 도착한 이경숙이 짜증을 냈다.

"어제 단성사에 영화 보러 갔는데 말이야."

"그 사람 봤니?"

안귀례의 물음에 이경숙이 고개를 끄덕거렸다.

"대놓고 모습을 드러냈어. 그래서 영화모임 애들한테 아무 말도 못했다니까."

"나도 도서관에 가서 독서모임 쪽이랑 만나 보려고 했는데 떡하니 나타나서 그냥 나왔어. 그런데 나보고 뭐라고 한 줄 아니?"

안귀례의 물음에 동무들이 모두 고개를 저었다.

"잡힐 거면 딴 순사들 말고 자기한테 잡히래."

그 얘기를 들은 배복순이 코웃음을 쳤다.

"그래서 뭐라고 했어?"

"그냥 바자회만 할 거라고 했는데 '너희 정말 수상하다'는 말을 남기고 가 버렸어."

남정옥이 팔짱을 낀 채 말했다.

"우리가 가는 곳을 다 따라다니는군."

"아무래도 바자회 때 얘기하고 격문을 나눠 줄 수밖에 없겠어."

배복순의 말에 남정옥이 고개를 끄덕거렸다.

"시위는 늦어도 그다음 주 중에는 해야 해. 시간을 끌면 비밀이 새어 나갈 거야."

바자회가 다가올수록 분위기는 더욱더 심각해지고 어두워졌다. 안귀례는 그런 분위기가 어색하면서도 무서웠다. 생각에 잠긴 그녀에게 이경숙이 물었다.

"귀례야. 대본 다 썼어?"

"어, 여기."

퍼뜩 정신을 차린 안귀례가 어제 밤새 수정한 대본을 내밀자 이경숙이 목청을 가다듬고는 천천히 읽었다. 그사이, 배복순이 심각한 표정으로 말했다.

"이렇게 되면 바자회 때도 남도식이랑 순사들이 오겠는걸?"

"아마 그럴 거야. 거기서 우리랑 접촉하는 학생들을 하나하나이 잡듯 잡아갈 거야."

"그러다 한 명이라도 불면, 시작도 못 해 보고 끝나잖아."

"방법을 찾아봐야겠어."

"그 방법을 써 볼까?"

친구들이 얘기를 나누는 동안 안귀례는 아버지와 나눴던 얘기가 떠올라 우울해졌다. 최근 들어 아버지는 더 노골적으로 모던걸들과 무슨 일을 하는지 캐물었다. 그녀가 아는 게 없다고 하면 버럭 화를 내기까지 했다.

"다 쓸데없는 짓이야. 우리 가족이 사는 게 우선이다. 그러니까 제발 아는 대로 얘기해 다오."

애원과 협박을 번갈아 가면서 늘어놓는 아버지 때문에 안귀례는 집에 들어가는 게 점점 더 싫어졌다. 그렇다고 친구들에게 털어놓을 수도 없는 문제라서 이래저래 골치가 아팠다. 고민에 빠져 있던 안귀례가 저도 모르게 얼굴을 찡그리자 맞은편에 앉아 있던 배복순이 물었다.

"괜찮아?"

"응, 내가 어때서?"

"많이 피곤해 보여."

배복순의 얘기를 들은 안귀례가 손으로 눈을 비비면서 대답했다.

"대본 쓰느라 좀 피곤했나 봐. 나 먼저 들어갈게."

"그래."

안귀례는 걱정하는 친구들을 두고 남정옥의 집에서 나왔다. 피곤하기도 했지만 혹시 거기서 들은 얘기를 자기도 모르게 아버지에게 털어놓을까 봐 걱정이 되었기 때문이다. 우울한 표정으로 돌아서는 안귀례를 먼발치서 지켜보던 남도식이 순사보조원 박씨에게 물었다.

"걔들이 하는 바자회가 며칠 남았지?"

"다음 주 토요일이니까 일주일 조금 넘게 남았습니다."

"아직까지 눈에 띄는 움직임이 없군."

"무서워서 포기한 거 아닐까요?"

눈치를 보던 박씨의 말에 남도식이 고개를 저었다.

"그럴 애들이 아니야."

"그냥 모껄들인데 너무 신경 쓰시는 건 아닙니까?"

박씨의 볼멘소리에 남도식이 고개를 돌렸다. 또 정강이를 차일까 봐 움찔한 그에게 남도식이 말했다.

"일단 돌아가야겠어."

"경찰서로 가십니까?"

"나카무라 서장에게 지원을 더해 달라고 할 생각이야."

"서장님이 들어주실까요?"

"다 끝났다고 생각하는 모양인데 그러다 큰코다치지. 나는 돌아갈 테니까 너는 여기 남아서 감시해."

"집에 못 들어간 지…."

울상이 된 박씨에게 남도식이 엄한 표정으로 말했다.

"수상한 행적이 나오면 바로 보고하도록."

인력거를 타고 종로경찰서로 돌아온 남도식은 곧장 2층에 있는 서장실로 향했다. 뒷짐을 진 채 창밖을 내다보던 나카무라 서장은 남도식이 들어서자 돌아섰다.

"어서 오게. 차 한 잔 할 텐가?"

"괜찮습니다."

딱 잘라 얘기한 남도식이 책상 앞에 서자 나카무라 서장은 자리로 돌아와 의자에 앉았다.

"무슨 일인가?"

"제가 주목하고 있는 여학생들을 감시할 인력을 충원해 달라는 요청을 드립니다."

남도식의 얘기를 들은 나카무라 서장의 얼굴이 찌푸려졌다.

"그 모던걸들 말인가? 자네 요청으로 이미 순사가 둘에 순사보조원 다섯을 붙여 주지 않았나?"

"그걸로는 부족합니다. 두 배로 충원해 주십시오."

"지금 개학 철이라 경성의 학교들에서 불온한 움직임들이 감지되고 있네. 관내의 학교들을 감시하기에도 빠듯해."

사실상 거절을 했지만 남도식은 포기하지 않았다.

"뭔가 꾸미고 있는 게 분명합니다."

"그럼 지금 잡아들여서 조사하게."

"제 방식을 아시지 않습니까? 구체적으로 움직이기 직전에 잡아야 최대한 관련자들을 많이 체포할 수 있고, 형량도 많이 때릴 수 있습니다."

"아마 물증이 없었겠지."

나카무라 서장의 얘기에 남도식은 눈살을 찌푸렸다. 바자회를 한다고 모이는 남정옥의 집을 뒤져 봤지만 나오는 게 없었다. 보는 눈이 많은 학교에서 뭔가를 준비했을 것 같지는 않았기 때문에 결국 계속 감시하는 수밖에는 없었다.

"내가 보기에는 말이야."

서랍에서 꺼낸 담배에 불을 붙인 나카무라 서장이 연기를 훅 내뿜으면서 말했다.

"자네가 헛다리를 짚은 게 아닌가 싶군."

"제 직감은 틀린 적이 한 번도 없습니다."

나카무라 서장이 자신 있게 대답한 남도식을 바라봤다.

"그렇다면 한 번쯤 틀릴 때가 되긴 했지. 자네의 놀라운 공적과 능력에 대해서는 존경과 경의를 표하네. 경성제대 학생이 포함된 조직을 일망타진한 것도 전적으로 자네 공로야. 하지만 영화나 보고 의미 없이 시시덕거리는 모던걸들이 무슨 만세시위를 한다는 말인가?"

"기미년에도 그렇게 생각했다가 크게 당하지 않았습니까?"

남도식의 말에 발끈한 나카무라 서장이 서랍에서 모던걸들에 대한 남도식의 보고서를 꺼내서 하나씩 책상에 올려놨다.

"남정옥은 정구 선수로 힘이 좋고, 리더십이 있다고? 그냥 불량 여학생이잖아. 그리고 배복순은 부유한 집안 출신이라 만세시위를 할 이유가 없어. 그리고 이경숙은 영화배우 한답시고 다니고 있고, 하윤숙은 어떻게 자살하는지 얘기하고 다닌다며? 마지막으로 안귀례는 아버지가 우리 편이고, 신춘문예에 관심이 있는 겁쟁이일 뿐이야. 이런 계집애들이 모여서 시위를 한다고 하면 누가 모이겠나?"

"움직임이 심상치 않습니다. 다친 후배를 위해서 바자회를 연다고 하는데 아마 그때 다른 학교 학생들과 접촉을 해서 동시다발적으로 시위를 벌일 것 같습니다."

"증거는?"

나카무라 서장의 물음에 남도식이 대답했다.

"찾는 중입니다. 다음 주가 바자회이기 때문에 조만간 물밑의 움직임이 수면 위로 떠오를 겁니다."

"이봐. 지금 몇 주째 계속 학교들을 비상 감시 중이라 순사건 순사보조원이건 다들 지쳤네. 그런데 오히려 인력을 충원해 달라는 게 말이 된다고 보나?"

"저는 제 할 일을 하는 것뿐입니다."

"검토해 보겠네. 물러가게."

사실상 거절을 당한 셈이라 남도식은 아랫입술을 깨물었다. 어서 나가라는 눈짓을 보내는 나카무라 서장에게 마지막으로 말을 했다.

"그럼 여학생 중 한 명을 취조해도 되겠습니까?"

"누구? 남정옥?"

나카무라 서장의 물음에 그는 고개를 저었다.

"주동자라 쉽사리 입을 열지 않을 겁니다. 원래 자백을 받으려면 약한 구석부터 찔러야 하는 법이니까요."

"알아서 하게. 대신 문제 일으키지는 말고."

귀찮다는 표정을 지은 나카무라 서장의 대답을 들은 남도식은 밖으로 나왔다. 생각할수록 자존심이 상했던 탓에 얼굴이 후끈 달아오를 정도로 기분이 나빴다. 누굴 잡아넣을지 고민하면서 계단을 내려오던 남도식은 지친 표정으로 올라오는 순사보조원 박씨와 마주쳤다.

"무슨 일이야?"

"모던걸들이…."

차마 말을 잇지 못하는 박씨의 표정을 본 남도식은 서둘러 계단을 뛰어 내려갔다.

"어디야?"

"종로도서관 뒷산입니다."

"거기서 뭘 하는데?"

남도식의 물음에 박씨가 우물쭈물했다. 짜증이 난 남도식이 노려보자 겨우 대답했다.

"그게, 직접 가 보셔야 할 거 같습니다."

둘이 서로를 노려보자 주변에 긴장감이 흘렀다. 상문여고보의 이월숙이 우두둑거리는 소리가 나게 손가락을 꺾으면서 말했다.

"조용히 살려고 했는데 시비를 걸어?"

반면, 남정옥은 여유롭게 대꾸했다.

"지난번에 내가 이겼는데 자꾸 이상한 소리를 하고 돌아다닌다고 해서 말이야."

"이기긴 누가 이겨! 이상한 사람이 뛰쳐나와서 부딪히는 바람에 넘어진 것뿐이야!"

얼굴이 붉어진 이월숙이 소리치자 남정옥이 혀를 찼다.

"어쨌든 진 건 진 거잖아. 그럼 얌전히 살아야지."

남정옥이 살살 약을 올리자 이월숙이 분을 못 참겠다는 듯 얼굴을 찌푸렸다. 그 광경을 지켜보던 배복순이 이경숙에게 걱정스러운 표정으로 말했다.

"저러다 진짜 싸우는 거 아냐? 아무리 정옥이라고 해도 걔는 못 이길 거 같은데?"

"그러게. 저렇게 살살 약 올리는 것도 정옥이 스타일이 아니잖아."

두 사람이 얘기를 주고받는 사이 하윤숙은 두 손을 모으고 중얼거렸다.

"저렇게 싸우다 죽는 건 아프겠지?"

이월숙이 마침내 싸울 자세를 취하자 남정옥은 두 주먹을 불끈 쥐었다.

"이번에는 각오하는 게 좋을 거…."

이월숙이 호기롭게 외치며 덤벼드는 순간, 남정옥이 손에 쥐고 있던 흙을 뿌렸다. 눈에 흙이 들어간 이월숙이 비명을 지르며 바닥에 나뒹굴었다. 뜻하지 않은 행동에 다들 놀라서 입을 다물지 못하는 와중에 남정옥이 쓰러진 이월숙을 내려다보면서 말했다.

"앞으로도 나한테 까불면 혼날 줄 알아."

"비겁하게 이게 무슨 짓이야!"

이월숙이 바닥을 뒹굴면서 소리치자 남정옥이 코웃음을 쳤다.

"어떻게든 이기면 그만이지. 억울하면 다음 주 토요일에 배재고보 운동장으로 와!"

"뭐라고?"

"거기서 바자회 할 건데, 도전하고 싶으면 받아 줄게."

남정옥은 이월숙의 대답을 듣기도 전에 돌아섰다. 그리고 바짝 긴장한 친구들에게 말했다.

"가자."

"야! 여기저기 시비 걸면서 다니면 어쩌려고?"

겁이 난 배복순의 말에 남정옥이 씩 웃었다.

"다 생각이 있다니까."

다소 싱겁게 끝난 싸움을 먼발치서 지켜보던 남도식이 입이 찢어지게 하품을 하던 순사보조원 박씨에게 물었다.

"남정옥과 싸우려던 여자애는 누구야?"

"상문여고보 이월숙입니다. 육상부인데 힘이 좋아서 웬만한 남자도 못 이긴다고 하는 애죠."

"둘이 사이가 나쁜가?"

"좋을 리가 없죠. 경성의 여학생 중에 누가 으뜸이냐고 할 때마다 두 사람이 언급되니까요."

"그런데 생각보다 싸움이 쉽게 끝났군. 혹시 짜고 친 거 아냐?"

"둘이 사이가 얼마나 나쁜데 짜고 말고 하겠습니까? 남정옥이 힘에서 밀리니까 꾀를 쓴 거 같습니다. 그나저나 둘이 제대로 붙는다고 하면 경성이 떠들썩하겠네요."

"구경거리로 말인가?"

남도식의 물음에 눈을 껌뻑거리던 박씨가 고개를 끄덕거렸다.

"그럼요. 원래 싸움 구경이랑 불구경이 최고라고 했으니까요."

곰곰이 생각에 잠겨 있던 남도식이 모던걸들 중에 한 명을 손가락으로 가리켰다.

"재를 잡는다. 경찰서로 끌고 와."

"무슨 명목으로 말입니까?"

박씨의 반문에 남도식은 인상을 찡그렸다.

"그건 네가 알아서 생각하고."

다음 날 아침, 학교로 가던 안귀례의 앞을 순사보조원 박씨가 가로막았다. 놀란 눈으로 바라보는 안귀례의 손목을 박씨가 거칠게 낚아챘다.

그녀들

1930년 3월, 경성

종로경찰서로 끌려온 안귀례는 책상과 의자만 있고 창은 하나도 없는 방에 갇혔다. 의자에 앉아 있던 안귀례는 끌려온 이유를 짐작할 수 있었다. 하지만 어떻게 누설이 된 건지, 아니면 다른 모던걸들도 잡혀 온 건지 궁금했다. 물어볼 사람이 없었다. 두려움과 공포감이 극에 달했을 즈음에 남도식이 방으로 들어왔다. 맞은편 의자에 앉은 남도식이 단도직입적으로 물었다.

"너희가 지금 무슨 일을 하고 있는지 알지?"

안귀례는 머릿속으로 신춘문예에 쓸 이야기를 떠올리면서 공포감을 억눌렀다. 그러면서도 마음은 계속 불안해졌다. 다른 모던걸들도 잡혀 온 걸까. 안귀례는 다른 모던걸들이 잡혀 왔다고 해도 사실대로 말하지 않았을 거라고 믿었다. 싸우기도 하고 서로 마음 상하는 일도 있었지만 서로에 대한 믿음을 저버리지 않을 것이라고 확신했기 때문이다. 숨을 가다듬은 안귀례가 남도식에게 대답했다.

“저희가 무슨 일을 하고 있는지는 직접 보셨잖아요.”

“무슨 소리야?”

“바자회 준비를 하고 있어요.”

안귀례의 대답을 들은 남도식은 코웃음을 쳤다.

“바자회는 핑계고 다른 일을 하려고 한 거 다 알아!”

지금까지 잘 숨겨 왔다는 사실을 알게 된 안귀례는 안도감에 웃음이 나올 뻔했다. 그러자 남도식이 벌떡 일어나 안귀례의 따귀를 때렸다. 고개가 젖혀지면서 안경이 떨어져 나갔다. 안귀례는 입안에 고인 피를 삼켰다.

“바자회를 하면서 경숙이가 할 연극도 같이 준비했어요.”

“거짓말! 분명 다른 게 있어.”

“아저씨가 원하는 대답이 아니겠지만 전 거짓말을 하지 않아요.”

남도식은 안귀례를 계속 다그치면서 뺨을 때렸다. 버티던 안귀례가 거의 정신을 잃기 직전에 안귀례의 아버지가 방으로 들어왔다. 안경이 벗겨진 채 뺨이 퉁퉁 부은 딸을 본 아버지가 펄펄 뛰었다.

“겁만 주기로 하지 않았소.”

“자백을 하지 않아. 겁만 주면 다 털어놓을 거라며?”

“그럼 정말로 모르거나 아니면 바자회만 하는 게 맞을 거요.”

아버지는 안귀례를 풀어 달라고 통사정을 했다. 남도식이 좀 더 조사할 게 있다고 하자 버럭 화를 내면서 남도식의 멱살을 잡았다.

"시키는 대로 다 했잖아. 내 딸을 당장 풀어 줘!"

남도식은 멱살을 잡고 있던 안귀례 아버지의 목덜미를 잡고 바닥에 쓰러트렸다. 그리고 놀라서 벌떡 일어난 안귀례에게 아는 것을 모두 털어놓으라고 협박했다.

"아버지가 험한 꼴 당하는 걸 보고 싶지 않으면 자백해!"

"정말 아무것도 없어요!"

털썩 주저앉은 안귀례는 얼굴을 감싸 쥔 채 울음을 터트리고 말았다. 그러자 씨근덕거리던 남도식이 구겨진 옷자락을 펼치면서 말했다.

"이곳에 들어온 이상 죄가 있는지 없는지는 별로 중요하지 않아. 목숨 보전해서 두 발로 걸어 나가고 싶으면 제대로 된 정보를 가져 와야 한다. 안 그러면…."

남도식은 바닥에 쓰러져 끙끙대고 있는 아버지를 바라봤다.

"네 아버지가 살아서는 여기서 못 나갈 거야."

"아버지!"

남도식은 순사보조원 박씨를 불러 안귀례를 밖으로 내보냈다. 그렇게 안귀례는 풀려났지만, 아버지는 계속 나오지 못했다. 안귀례는 차마 발이 떨어지지 않았지만 어머니의 손에 이끌려 밖으로 나왔다.

"귀례야! 아버지를 살리고 싶으면 아는 건 모두 말해라. 아니면 아버지가 죽는다."

어머니는 안귀례를 잡고 통사정을 했다.

집 근처에서는 모던걸들이 기다리고 있었다. 딸과 남편이 고생을 한 게 그녀들 탓이라고 생각한 어머니는 찡그린 얼굴로 집으로 들어가 버렸다. 밖에 남아 있던 모던걸들이 우르르 몰려왔다.

"몸은 어때? 아픈 데는 없어?"

배복순이 염려스러운 표정으로 물었다.

"어두운 방에 있었던 게 무서웠지만 지금은 괜찮아. 안경이 없어서 책을 읽을 수 없지만 안경은 다시 맞추면 되니까…."

"소식 듣고 걱정했는데 무사해서 다행이야."

안귀례는 친구들이 자신을 걱정해 주는 것이 고맙기도 하고, 한편으로는 아버지가 걱정되어 마음이 불편했다.

안귀례가 갇혀 있던 방에는 남도식과 안귀례의 아버지가 마주보고 앉아 있었다. 안귀례의 아버지가 불만이 가득한 어조로 말했다.

"딸아이를 때린 건 나중에 따지겠습니다."

"그 문제는 사과하겠네."

"이렇게까지 해야 합니까?"

안귀례의 아버지가 볼멘소리를 하자 담배를 입에 문 남도식이 대답했다.

"그래야 자백을 하지. 그 나이 때의 아이들은 가족이고 뭐고 동무들이 최고야."

"약속대로 증거를 찾으면 내 딸은 처벌 대상에서 빼 주는 겁니다."

"걱정 마. 조서에서 단순 가담자로 표시하면 심해 봤자 집행유예니까, 그나저나 딸이 아버지가 자기를 속였다는 걸 알면 진짜 크게 실망할 텐데?"

"가족을 위해서 하는 일입니다. 이해해 줄 겁니다."

안귀례의 아버지가 대답을 하자 남도식이 담배를 길게 한 모금 빨았다.

"아무런 희망도 없던 조선에서 일본은 나에게 큰 기회였지. 자네는 조선이 왜 망했는지 아나?"

남도식이 담뱃갑을 밀자 그 안에서 한 개비를 꺼낸 안귀례의 아버지가 대꾸했다.

"왜 망했습니까?"

"조선은 백성들의 피를 빨아먹는 나라였어. 아무것도 책임지지 않으면서 요구하는 것만 많았지."

남도식의 얘기를 들은 안귀례의 아버지는 담배에 불을 붙이며 대답했다.

"맞습니다. 우선 자신부터 살아야 하지 않겠습니까?"

안귀례의 아버지가 담배를 한 모금 빨자 남도식이 물었다.

"이제 당신 딸이 어떻게 움직일 것 같아?"

"일단 마누라한테 잘 설득해 보라고 했고, 누굴 만나는지 잘 감시하라고 했습니다."

"이렇게까지 꼬리가 안 잡히는 경우는 한 번도 없었어."

"그 모던걸들이 문제인 것 같은데 어떻게 할 겁니까?"

질문을 받은 남도식은 씹어 삼키는 목소리로 대답했다.

"적당한 때에 모두 잡아넣을 거야."

남정옥의 방에 다시 모인 모던걸들은 바자회 마지막 준비에 박차를 가했다. 말없이 준비를 하면서 큰 가방을 차곡차곡 챙기던 와중에 하윤숙이 배복순에게 조심스럽게 물었다.

"오빠 잘 있어?"

"아이고, 내년에 죽는다면서 누굴 넘봐."

이경숙의 타박에 하윤숙이 입술을 삐죽 내밀었다.

"원래 죽기 전에 멋지게 연애하는 법이야. 영화배우 한다면서 그것도 몰라!"

둘이 티격태격하는 와중에 갑자기 방문이 벌컥 열렸다. 어쩔 줄 몰라 하는 남정옥의 어머니 뒤로 남도식과 순사보조원 박씨의 모습이 보였다. 놀란 모던걸들에게 남도식이 외쳤다.

"움직이지 마! 지금 뭐하고 있는 거지?"

"바자회 준비 중이었어요."

남정옥의 대답을 들은 남도식이 코웃음을 쳤다.

"이마에 피도 안 마른 것들이 태연하게 거짓말을 하는군."

모던걸들이 슬금슬금 큰 가방 하나를 숨기는 걸 본 남도식이 소리쳤다.

"저거 뺏어!"

박씨가 우악스럽게 가방을 빼앗자 모던걸들이 애원했다.

"제발, 이건 안 돼요."

남도식이 눈짓을 하자, 박씨가 가방을 열고 탈탈 털었다. 안에 있던 마작 패들이 우르르 바닥에 떨어졌다. 얼이 빠진 박씨가 마작 패 하나를 집었다.

"이게 뭐야?"

그러자 남정옥이 기어들어 가는 목소리로 대답했다.

"그냥 심심해서 쳐 봤어요. 매일 하던 건 아니고 오늘 처음 해 보는 거예요."

"정말 처음 하는 거예요. 학교에는 알리지 말아 주세요."

남정옥을 필두로 모던걸들이 애원하자 난처해진 박씨가 남도식을 쳐다봤다. 충격을 받기는 마찬가지였던 남도식은 확 짜증을 냈다.

"샅샅이 뒤져."

박씨가 방을 뒤지는 동안 남도식은 매섭게 모던걸들을 노려보았다.

"날 속일 생각은 하지 마라. 뒤지면 다 나오게 되어 있어."

남도식이 으름장을 놓는 사이 박씨가 상자를 하나 찾아냈다.

"그럼 그렇지!"

박씨가 뚜껑을 열자 안에는 서양 여자의 가발과 서양 남자의 가발, 정장과 구두가 들어 있었다. 그리고 안귀례가 쓴 대본도 같이 있었다.

"이게 뭐지?"

남도식의 물음에 다들 우물쭈물하는 사이 이경숙이 벌떡 일어났다.

"저 석양빛을 보라. 우리의 빛나는 미래가 반드시 저기 있으리라!"

갑작스러운 그녀의 행동에 놀란 남도식이 주춤거리며 물러났다. 그런 남도식을 보면서 눈살을 찌푸린 이경숙이 말을 이었다.

"악당이 판을 치고, 불의가 정의를 넘보리라. 하지만 반드시, 반드시 정의가 승리할 것이다."

얘기를 마친 그녀가 남도식에게 말했다.

"바자회에서 할 연극 대사예요. 멋지죠?"

"연극?"

"모노드라마라고 하는 일인극이에요. 저 가발과 구두는 연극할 때 쓰려고 한 거고요."

"혼자 한다며 뭐가 이렇게 많아?"

"공연할 때 옷을 여러 번 바꿀 거예요."

천연덕스러운 모던걸들의 대꾸에 남도식은 확 짜증을 내며 나갔다. 상자 안에 있던 가발을 신기하다는 듯 들여다보던 박씨가 허둥지둥 뒤를 따랐다. 밖으로 나온 남도식이 박씨에게 말했다.

"순사보조원들 다 동원해. 근우회를 수색한다."

"거기는 왜…."

"쟤네들을 후원해 주는 곳이 바로 근우회잖아!"

남도식과 순사보조원 박씨가 떠나자 남정옥의 어머니는 그대로 쓰러지고 말았다. 남정옥이 어머니를 보살피는 사이, 모던걸들이 엉망이 된 방을 정리했다. 안귀례가 대본을 주섬주섬 챙기는데 하윤숙이 걱정스럽다는 듯 말했다.

"근우회 갈 모양인데 괜찮을까?"

"간사님이 알아서 잘 대처하시겠지."

안귀례의 말에 하윤숙이 한숨을 쉬었다.

"그래도 걱정스러워."

"일단 바자회 잘 준비하자."

대본을 챙겨서 순서를 맞춰 보던 그녀에게 하윤숙이 다시 물었다.

"그날 많이 올까? 토요일이라 딴 데 놀러가는 학생들 많을 것 같은데."

"그날 정옥이랑 상문여고보 이월숙이랑 한판 붙는다는 소문이 돌았잖아. 아마 싸움 구경하러 엄청 몰려올걸?"

안귀례의 말에 하윤숙이 안심이 된다는 표정을 지었다. 그러다 문득 생각났다는 듯 물었다.

"참, 너희 아버지는?"

"오늘 풀려나신대."

"다행이네."

하윤숙의 말에 안귀례는 씁쓸한 미소를 지었다.

남도식은 순사보조원들을 데리고 근우회 사무실을 뒤졌다. 팔짱을 낀 채 지켜보던 박정자가 안경을 치켜올리며 말했다.

"근우회와 신간회 공동으로 종로경찰서에 정식으로 항의하겠습니다. 적법한 절차도 거치지 않고 이게 무슨 짓입니까?"

"불령선인들과 이상한 짓을 꾸민다는 첩보가 입수되었어. 지금이라도 늦지 않았으니 협조하면 선처하겠다."

남도식이 으름장을 놨지만 박정자는 코웃음으로 응수했다.

"지금 도둑이 남의 집 안방에 들어와서 물건을 내놓으라고 당당하게 협박하는 꼴이네요. 당신도 조선 사람이면서 어떻게 같은 조선 사람한테 이럴 수 있어요?"

박정자의 말에 남도식이 굳은 표정으로 노려봤다.

"조선이라는 나라는 이십 년 전에 없어졌어."

"나라는 없어졌을지 모르지만 사람은 그대로예요. 아무리 날뛰어 봤자 누구도 당신을 일본인으로 보지 않아요."

박정자의 일침에 남도식은 짜증이 났지만 반박할 말이 없었다. 거기다 땀투성이가 된 순사보조원 박씨가 나온 게 없다는 손짓을 하자 남도식은 물러날 수밖에 없었다.

종로경찰서로 돌아온 남도식은 곧바로 나카무라 서장의 호출을 받았다. 문을 열고 들어서자 경직된 표정의 나카무라 서장이 그를 바라봤다.

"방금 여러 통의 항의 전화를 받았네. 내일은 정식으로 항의하러 방문하겠다고 하는군."

"근우회 때문입니까?"

"증거가 나왔나?"

"못 찾았습니다만 수사망을 집중하면 성과를 거둘 수 있을 겁니다. 그러니까…."

"내 말을 못 알아들은 모양인데 내일 항의하러 방문하는 인물들은 김병로와 허헌 같은 변호사들일세. 내가 제일 싫어하는 게 변호사란 말이야."

"무시하십시오."

"그러면 총독부 경무국으로 가서 항의하겠지. 조선인들이 발행하는 신문에서는 계속 떠들 것이고 말이야. 윗사람들은 시끄러운 걸 딱 질색하네. 일은 조용하고 신속하게 처리하는 게 좋아."

"저도 잘 알고 있습니다."

남도식이 마지못해 대답하자 나카무라 서장이 벌컥 화를 냈다.

"그걸 알면서 여기저기 벌집처럼 들쑤신 거야?"

"증거를 찾기 위해서였습니다. 모던걸들이 열기로 한 바자회도 막아야 합니다."

"무슨 명분으로?"

"바자회에 모인 학생들과 모의한 다음 학교로 돌아가서 대규모 시위에 나설 것이 뻔하기 때문입니다."

"시간 낭비하지 마! 감시하는 건 허용하지만 나머지는 나에게 보고하고 움직이게."

쏘아붙인 나카무라 서장이 나가라는 손짓을 하자 남도식은 그대로 물러날 수밖에 없었다. 아래층으로 내려온 남도식의 눈에 풀려난 안귀례의 아버지가 보였다. 순사보조원 박씨와 얘기를 나누던 그는 남도식을 보자 짜증이 난 표정을 지었다. 딸 앞에서 일부러 맞는 모습까지 보이면서 협조했지만 별다른 성과를 거두지 못한 것에 대한 원망이었다. 그가 자신을 무시하고 밖으로 나가는 걸 본 남도식이 주먹을 불끈 쥔 채 중얼거렸다.

"두고 보자. 모던걸들."

모던걸들이 주최하는 바자회가 열리기로 한 3월 마지막 주 토요일은 아침부터 화창했다. 전날 하늘이 흐려서 걱정하던 모던걸들은 신이 나서 바자회가 열리는 장소인 배재고보 운동장으로 향했다. 정동교회와 접한 언덕 중턱에 있는 배재고보 운동장은 골대가 있는 것은 물론 굉장히 넓고 교통이 편리해서 야구와 축구 경기도 자주 열리는 곳이었다. 운동장 한쪽 구석에는 근우회 이름이 적힌 천막이 세워졌고, 그곳이 바로 바자회가 열리는 장소였다. 운동장으로 들어선 모던걸들은 구름처럼 몰려드는 여학생들을 보고는 하나같이 입을 다물지 못했다. 아직 쌀쌀한 날씨였지만 열기는 어마어마했다.

"저것 봐!"

"수백 명은 모인 것 같아."

"수백 명이 뭐야! 천 명도 더 온 것 같아."

"다 싸움 구경하러 온 거겠지?"

모던걸들은 기쁨과 두려움을 주체하지 못하면서 천막으로 향했다. 운동장은 물론 관람석까지 꽉 채운 여학생들은 모던걸들이 모습을 드러내자 마치 썰물처럼 물러나서 길을 만들어 줬다. 천막에 도착한 모던걸들은 서둘러 판매할 물건을 진열하고 연극을 할 준비를 했다. 천막 옆에는 연극을 할 수 있도록 작은 무대도 마련되었다. 치렁치렁한 금발 가발을 쓰고 드레스를 입고 나온 이경숙을 본 학생들이 환호성을 질렀다. 관람석 중간에서는 이월숙이 팔짱을 낀 채 모던걸들을 내려다봤다. 아마 연극과 바자회가 다 끝나고 싸움을 할 생각인 것 같았다. 이경숙은 하늘하늘한 가발이 자꾸 눈을 찌르는 와중에도 집중해서 연기를 펼쳤다.

"아아! 사랑하는 님은 떠나고 찬바람이 불어오니 더욱더 쓸쓸하구나."

안귀례는 자신이 쓴 대본이 이경숙의 연기로 재탄생하는 것을 보면서 그동안의 마음고생을 훌훌 털어 버렸다. 약 20분 정도 진행된 이경숙의 모노드라마 제1막이 끝날 즈음에는 여학생들이 배재고보 운동장에 더 몰려왔고, 남도식도 순사보조원 박씨와 함께 모습을 드러냈다. 제1막이 끝나자 단상 아래에 있던 하윤숙이 잽싸게 일어나서 제1막 끝, 잠시 후 2막 시작이라는 글씨가 적힌 팻말을 들어올렸다. 재치 있는 모습에 구경하던 여학생들이 모두 웃었다.

남도식의 뒤에서 따르릉거리는 소리가 났다. 돌아본 남도식은 덕은제과라는 깃발을 내건 자전거를 끌고 온 남자를 봤다.

"뭐야? 이건."

남도식의 물음에 수건을 둘러멘 덕은제과 주인이 대꾸했다.

"주문받은 빵입니다."

자전거 뒤쪽 짐칸에는 신문지와 종이로 포장된 소보로빵이 수북하게 쌓여 있었다. 몇 개를 들춰서 아래쪽에 아무것도 없다는 걸 확인한 남도식이 가도 좋다는 손짓을 했다. 그러자 덕은제과 주인이 천천히 군중을 헤치고 천막으로 향했다.

제1막을 마친 이경숙이 물을 마시면서 휴식을 취하는 동안 빵이 도착했다. 주인아저씨가 빵이 든 상자를 내려놓고는 의미심장한 표정을 지었다.

"행운을 빈다."

"우리보다는 아저씨가 더 걱정이에요."

남정옥의 말에 덕은제과 주인이 씩 웃었다.

"까짓것, 감방에서 좀 살다 나오면 돼."

주인아저씨가 자전거를 타고 돌아가자 모던걸들은 가져온 빵들을 주변 학생들에게 나눠 줬다. 그러면서 입을 모아 외쳤다.

"바자회에 참석해 주신 걸 감사하는 뜻으로 저희가 준비했습니다. 아직 뜯지 마시고 잠시 후에 같이 먹어요."

눈을 마주친 모던걸들이 다들 환하게 웃는 가운데 이경숙이 가발을 벗어 던졌다.

"이제 진짜 연기를 시작하자고."

빵을 하나 손에 든 남정옥이 관람석에 앉아 있던 이월숙에게 다가갔다. 빵을 본 이월숙이 퉁명스럽게 말했다.

"빵 쪼가리 하나로 화해할 생각은 하지 마."

"우리 좀 더 큰 싸움을 하자."

"뭔 소리야?"

찡그린 표정의 이월숙이 묻자 남정옥은 빵을 감싼 종이를 반쯤 벗긴 다음에 건네줬다.

"잠깐만 기다려."

모던걸들이 있는 천막으로 돌아온 남정옥이 빵을 감싼 종이 하나를 벗겼다. 안에는 모던걸들이 등사기로 밤새 찍어 낸 격문이 인쇄되어 있었다. 바자회를 한다고 일본 경찰의 눈길을 잔뜩 끌면서 덕은제과로 가져다 놓은 격문을 빵의 포장지로 위장해서 가져온 것이다. 동무들을 한 명씩 바라보던 남정옥이 말했다.

"이제 시작하자."

손을 잡은 모던걸들이 나란히 무대에 오르자 여학생들은 제2막이 시작되는 줄 알고 바라봤다. 남정옥이 배복순의 오빠가 써 준 격문을 또박또박 읽었다.

"경성의 여학생 여러분! 그대들은 지난해 겨울 광주에서 무슨 일이 벌어졌는지 아십니까? 열차에서 조선인을 모욕한 일본인 학생들을 두둔하는 것은 물론, 우리 학생들의 정당한 시위를 경찰은 물론 재향군인회와 소방대까지 동원해서 무자비하게 탄압하고, 한발 더 나아가 조선의 혼과 정신을 말살하려고 들었습니다. 이에 우리는 우리의 것을 지키고자 합니다. 우리 모두 힘을 합쳐 일본의 폭압적인 탄압에 맞서 싸웁시다! 그들에게 우리가 포기하지 않고 굴종하지 않는다는 걸 명백하게 보여 줍시다."

남정옥이 숨 돌리지 않고 격문을 읽자 관람하던 여학생들은 숨을 죽인 채 들었다. 남정옥이 격문을 읽자 나머지 모던걸들이 한 명씩 구호를 외쳤다.

- 식민지 노예교육에 반대한다!
- 구금 중인 학생들을 즉시 석방하라!
- 시위와 집회의 자유를 보장하라!
- 무자비한 탄압과 고문을 즉각 중단하라!

구호까지 외친 모던걸들은 여학생들이 아무 반응을 보이지 않자 적잖게 당황했다. 그사이 먼발치서 담배를 피우던 남도식이 순사보조원 박씨와 함께 무대로 뛰어오는 게 보였다. 침묵이 이어지는 가운데, 관람석에 앉아 있던 이월숙이 벌떡 일어나 구호를 외쳤다.

"식민지 노예교육에 반대한다!"

그걸 시작으로 운동장에 모인 여학생들이 환호성을 질렀다. 모던걸들은 안도의 표정으로 서로를 바라봤다. 여학생들을 헤치고 무대로 온 남도식이 권총을 뽑으면서 말했다.

"이럴 줄 알았어! 모두 체포하니까 얌전히 손 들어!"

"아저씨! 주변을 좀 봐요."

남정옥의 말에 남도식은 격앙된 표정의 여학생들이 둘러싸고 있는 걸 뒤늦게 눈치챘다. 남도식이 권총을 겨눴다.

"여학생들 주제에 뭘 할 수 있다고!"

남도식의 말은 채 끝나기도 전에 비명으로 바뀌었다. 옆에 있던 여학생이 가방으로 남도식의 머리를 내리친 것이다. 비틀거리는 와중에 떨어뜨린 권총을 집으려던 남도식의 앞을 이월숙이 가로

막았다.

"저기…."

모던걸들은 이월숙에게 메치기를 당한 남도식의 애처로운 비명소리를 듣고는 웃느라 정신이 없었다. 그 와중에 관람석에서 내려온 여학생들이 운동장에 모여서 구호를 외쳤다. 그리고 모던걸들을 선두로 해서 운동장을 빠져나왔다. 거리로 나선 여학생들이 일사불란하게 구호를 외치면서 삽시간에 거리를 차지했다. 그러자 바쁘게 오가던 인력거꾼이 걸음을 멈추고 지켜봤다. 달리던 인력거가 멈추자 타고 있던 학생이 포장을 제치고 바깥을 내다봤다.

"저게 뭡니까?"

얼떨떨해 하는 학생의 물음에 인력거꾼이 머리를 긁적거렸다.

"여학생들이 만세시위를 하네요."

말없이 서로를 바라보던 인력거꾼과 학생은 나란히 시위 대열에 합류했다. 그러면서 구호를 외치는 목소리는 더욱더 커졌다. 덕수궁 앞으로 나온 시위 행렬은 곧장 경성부청을 지나 종로로 향했다. 위압적으로 서 있는 조선총독부를 향해 있는 힘껏 구호를 외치는 여학생들에게 지나가는 사람들이 박수를 치거나 시위 행렬에 합류했다. 종로로 나온 여학생 시위대는 만세를 외치며 거리를 누볐다. 종로경찰서 앞에는 경찰들이 지나가던 수레와 인력거로 바리케이드를 치고 막아섰지만 여학생 시위대를 보고는 겁을 먹었는지 뒤로 물러났다. 나카무라 서장이 어쩔 줄 몰라 하는 부하들에게 외쳤다.

"막지 않고 뭐해! 고작 여학생들이잖아!"

현장에서 한걸음에 종로경찰서로 온 순사보조원 박씨가 애원했다.

"서, 서장님, 여학생들이라고 해도 너무 많습니다. 자칫 발포했다가 시위대가 흥분하기라도 하면 큰 불상사가 일어날 수 있습니다."

박씨의 말에 나카무라 서장이 벌컥 화를 냈다.

"대일본제국의 경찰이 몸을 사리다니, 창피하지도 않나!"

"사실은 말입니다."

박씨가 더 이상 못 참겠다는 표정으로 말했다.

"조선 사람이 같은 조선 사람을 괴롭히는 게 더 창피합니다. 그리고 여학생들을 괴롭히는 것도 더 이상 못하겠고 말입니다."

모자를 내동댕이친 박씨는 그대로 시위 행렬에 가담했다. 종로경찰서 앞 바리케이드는 순식간에 무너졌다. 바리케이드로 삼은 인력거와 수레를 길옆으로 밀어낸 시위 행렬이 종로 거리를 가득 메운 채 당당하게 만세를 불렀다. 근우회 사무실에서 그 광경을 내려다보던 박정자는 흐뭇한 표정을 지었다. 그리고 사무실 직원들에게 말했다.

"내가 있을 거니까 나가고 싶은 사람은 나가도 좋아요."

그 애기가 끝나기가 무섭게 직원들이 우르르 밖으로 나가서 시위대에 합류했다. 여학생들이 주축이 된 만세시위는 해가 떨어진 다음에야 진압되었다. 용산에서 군대까지 출동한 다음에야 겨우 막을 내린 것이다. 팔짱을 낀 모던걸들은 웃으면서 순사들에게 체포되었다. 끌려가기 전에 남정옥이 말했다.

"우리 마지막으로 같이 한번 외쳐 볼까? 하나, 둘, 셋!"

면회

1930년 5월, 경성

모던걸들은 시위를 주도한 혐의로 체포되었고, 치안유지법*을 위반했다는 혐의로 실형을 선고받았다. 바자회를 열게 해 준 근우회 박정자 간사도 체포되었지만 모던걸들이 모두 아무 관련이 없다고 극구 부인한 덕분에 무죄로 풀려났다. 실형을 선고받은 모던걸들은 얼굴을 가리는 용수를 뒤집어 쓴 채 서대문형무소의 여옥사에 수감되었다. 모던걸들은 창살 밖으로 봄이 오는 것을 느꼈다. 여옥사 독방에 있던 남정옥은 면회라는 외침에 고개를 들었다. 문이 열리고 조선인 여간수가 들어오더니 그녀를 들어올렸다. 연일 계속된 가혹한 심문과 취조에 시달려서 걸을 힘조차 없던 남정옥은 부축을 받으며 힘겹게 발을 뗐다. 그러면서 부축하던 여간수에게 물었다.

* 1925년 일제가 반체제운동을 탄압하기 위해 만든 법.

"누가 면회 온 거예요?"

부모님은 지난주에 면회를 왔기 때문에 누가 왔는지 궁금했다. 여간수는 주변을 돌아보고는 한 마디 해 줬다.

"엄청 잘생긴 학생."

부채꼴로 만들어진 격벽 운동장을 지나 청사에 도착한 남정옥은 깜짝 놀랐다. 푸른 죄수복을 입은 다른 모던걸이 보였기 때문이다. 같은 여옥사라고 해도 따로따로 떨어져서 갇혀 있던 탓에 서로 얼굴 보기도 힘들었던 그녀들은 서로 손을 맞잡고 안부를 물었다.

"다들 괜찮아?"

"그럼."

"잘 있었구나."

눈물을 글썽거리는 모던걸들은 여간수를 따라 청사에 들어섰다. 입구 옆에 면회실이 있었는데 다섯 명의 모던걸 모두 한 면회실로 들어갔다. 어리둥절해 하던 모던걸들은 면회실 창 너머에 앉아 있는 배완희를 보고는 환호성을 질렀다.

"오빠!"

기뻐하는 모던걸들을 본 배완희도 환하게 웃었다.

작가의 말

책을 쓰면서 개성이 강한 모던걸들을 알게 되었고, 그녀들이 무엇을 할지 알았기 때문에 앞으로 어떻게 행동할지에 대해서는 크게 고민하지 않았다. 모던걸들이 현재 태어났다면 무엇을 했을까 하는 호기심에 당시 상영되었던 영화나 스포츠 경기에 관심을 많이 가졌다.

평범하게 살아가는 것이 얼마나 어려운 일인지는 나이가 들면서 점점 더 깨닫게 되는 거 같다. 세상을 꿈꿀 수 있도록 지켜 내는 것이 중요하다는 생각이 종종 든다.

모던걸들이 행복했으면 좋겠다. 미래를 꿈꾸고, 외모를 가꾸고, 사랑을 하면서 웃었으면 좋겠다. 왜 할 수 없는 일이 되었는지, 어쩌다 그녀들이 죽음을 각오하면서 만세운동을 하게 되었는지. 그들의 세계를 상상만으로 담아내려는 게 무거웠다.

당시의 여학생들에 대해서 더 많이 알았다면 또 무엇을 할 수 있었을까 하는 아쉬움과, 아주 작은 고민으로 어려운 과거의 무게를 담아낸 책이 무사히 탄생한 것에 깊은 감사를 드린다.